까칠한 *girl* 의 가출 이야기

국립중앙도서관 출판시도서목록(CIP)

까칠한 girl의 가출 이야기 / 지은이: 데보라 엘리스 ; 옮
긴이: 윤해윤. -- 서울 : 나무처럼, 2013
  p. ; cm

원표제: Looking for X

원저자명: Deborah Ellis

영어 원작을 한국어로 번역

ISBN 978-89-92877-23-7 43800 : ₩10000

미국 현대 소설〔美國現代小說〕

843-KDC5   CIP2013006549

까칠한 *girl* 의 가출 이야기

데보라 엘리스 지음

윤해윤 옮김

나무처럼
Namubooks

차 례

울 엄마는 스트립 댄서

울 엄마는 스트립 댄서였다. 하지만 내가 어느 정도 자라나자, 그 일을 그만두었다. 엄마는 내게 스트립쇼는 이국적인 춤이라고 했지만, 나는 그 말에 동의하지 않는다. 스트립쇼가 춤이긴 하지만, '이국적'이라는 말이 옷을 홀라당 벗고 춤을 추는 것을 의미하지는 않는다.

엄마는 예전에 스트립 댄서로 꽤 많은 돈을 벌었지만, 거의 다 써버렸다고 했다. 그래서 지금까지 우리는 늘 가난하다.

주변 사람들은 엄마가 스트립 댄서였기 때문에 나와 내 동생들이 평생 삐뚤어지게 살 거란 생각을 한다. 하지만 그렇지 않다. 나와 동생들은 엄마가 어떤 방법으로 세상을 살아가든 항상 지금처럼 멋진 모습으로 살아갈 테니 말이다.

만일 내가 어른이 되어서도 삐뚤어지게 산다면 그건 분명히 내 잘못일 것이다. 그렇다고 지금 내가 삐뚤어진 것일까? 글쎄 나는 절대로 그렇게 생각하지 않아서…. 음~ 어쨌든, 이 문제에 대해서는 나는 더 할 말이 없다.

울 엄마는 스트립 댄서로 여기저기 돌아다니며 일을 했다고 한다. 그래서인지 몰라도 나도 돌아다니기를 참 좋아한다. 그렇지만 엄마가 예전에 댄서로 여행하며 본 세상은 기껏해야 온타리오 호수 양쪽으로 늘어선 마을과 선술집뿐이라고 했다. 세상엔 그 외에도 볼 것이 훨씬 많았을 텐데도 말이다.

하루는 엄마에게 만일 내가 커서 스트립 댄서가 된

다면 어떻게 생각할지를 물어보았다. 그러자 엄마는 기겁하며 펄쩍 뛰었다. 그리고 그런 일을 하면 절대 안 된다며 힘주어 말했다.

"스트립 댄서는 장식이 많이 달린 옷을 입어야 하는데, 넌 그런 걸 아주 싫어하잖니. 또 담배 연기가 자욱한 나이트클럽에서 춤추면 건강에도 아주 안 좋단다."

엄마는 또 스트립 댄서로 일하면 멍청이들을 많이 상대해야 한다고 했다. 하지만 나는 그런 건 별 상관없다. 난 멍청이들을 잘 다룰 줄 아니까. 더구나 나는 벌써 열네 살이라서, 그런 멍청이들을 꽤 능숙하게 요리하는 편이다.

아무튼, 난 스트립 댄서가 될 생각은 손톱만큼도 없다. 한동안 나는 트럭 운전사가 되고 싶었고, 다음엔 파일럿, 그다음엔 항해사가 되고 싶었다. 하지만 이런 직업엔 문제가 있다. 그것은 좋든 싫든, 누군가의 지시를 받아야 한다는 것이고, 실제로 그 일을 꼭 해야만 한다는 것이다.

나는 일하는 것이 싫다. 좀 더 정확히 말하면 누가

내게 이래라저래라 하는 게 참 싫다.

내가 진짜로 하고 싶은 건 세상을 맘껏 돌아다니며 이것저것 보고, 그것에 대해 생각하는 것이다.

내게 탐험가가 되면 어떻겠냐고 먼저 말한 사람은 엄마다. 나는 그 말을 듣자마자, 내게 정말 잘 어울리는 직업이라고 생각했다.

나는 세상을 돌아다니며 큰 나라에서 아주 조그마한 섬에 이르기까지 샅샅이 탐험할 생각이다. 이미 지도도 준비해 놓았다. 나는 지금까지 아무도 가지 않은 길을 갈 것이고, 아무도 하지 못한 것을 할 것이며, 그 누구도 보지 못한 것을 맨 먼저 볼 생각이다. 그렇게 신나는 모험을 한다면 사람들은 날 참 부러워할 것이다.

또 잠시 탐험을 쉴 때 강의를 부탁받는다면, 여행하면서 경험한 재미난 탐험 이야기를 실감 나게 들려주고, 강의료도 아주 많이 받아서, 매일 멋진 저녁을 사 먹을 것이다.

울 엄마 이름은 '태미'다. 엄마는 태미가 '완벽'을 뜻하는 말이라며, 내가 말썽을 부릴 때마다 그 뜻을 상기시킨다. 엄마는 자신을 태미나 맘 또는 마미라고 부르라고 한다. 엄마는 탬이라고 부르는 건 아주 싫어한다. 예전에 아버지가 엄마에게 뭔가를 원할 때마다 그렇게 불렀기 때문이라고 한다.

"이봐, 탬, 샌드위치 좀 만들어 와."

이런 식으로 말이다. 그래서 엄마는 아버지를 떠올리는 걸 좋아하지 않는다. 내가 아버지를 꼭 빼닮아서 나를 볼 때마다 아버지가 생각날 텐데도 말이다.

하루는 이런 내 생각을 물어보자, "널 보면 너밖에 생각 안 나! 그러니 제발 쓸데없는 생각은 하지 마!" 엄마는 이렇게 말했다.

나와 동생들은 엄마는 같지만, 아버지는 다르다. 그런데 동생들은 다행히도 엄마를 닮았다. 동생들이 그들의 아버지를 닮지 않았다는 건 천만다행이다.

나는 그 사람이 무척 싫다. 물론 그도 날 좋아하지 않지만. 그 사람은 엄마가 임신한 사실을 알자마자, 바로 떠나버렸다. 하지만 난 그것이 기뻤다.

내 이름은 카이버다. 진짜 이름은 아니다. 진짜 이름

은 말할 수 없을 정도로 소름 끼치는 이름이다. 그러기에 아무리 모진 고문을 당한다 해도 절대로 입 밖에 낼 수 없다. 그래서 나는 나를 카이버라고 부르기로 했다.

내 주변 사람들도 나를 카이버라고 불러준다. 엄마도 내가 학교에 입학할 때 내 이름을 카이버로 등록해 줬다. 학교 선생들이 날 카이버라고 부를 수 있도록 말이다.

엄마는 절대로 말할 수 없는 그 이름을 더 좋아하지만(엄마가 지은 이름이니까 당연하다), 그래도 내가 카이버라는 이름을 쓰는 것을 이해한다.

울 엄마도 스트립 댄서였을 때 이름이 몇 개 있었다고 했다. 그 가운데 내가 가장 좋아하는 이름은 샌디 셜록이다. 그 이름을 쓸 때 엄마는 셜록 홈스 모자를 쓰고 커다란 돋보기를 들고 춤을 추었다(엄마가 그렇게 입고 춤추는 것을 본 적이 없고 그저 이야기만 들었다). 물론 진짜 돋보기는 아니다. 진짜 돋보기는 꽤 비싸니까.

엄마도 이젠 완벽히 나를 카이버라고 부른다. 예전엔 화가 나면 '말할 수 없는 그 이름'을 부르곤 했는

데, 내가 공정하지 않다고 항의하자, 그 후로 그 이름을 더는 부르지 않았다.

'카이버'는 아프가니스탄과 파키스탄을 잇는 주요 산길인 카이버 패스Khyber Pass에서 따온 이름이다. 카이버 패스는 높은 산들 사이를 연결한 좁은 골짜기로, 역사는 깊지만, 위험하고 도적이 많은 곳이다.

언젠가 그곳에 꼭 가볼 작정이다. 그곳에 가서, 길 한가운데에 우뚝 설 것이다. 그러면 그곳을 지나가는 사람들이 물을 것이다. 네 이름이 뭐냐고. 그러면 나는 이렇게 대답할 것이다.

"내 이름은 카이버(Khyber)고, 여긴 내 길(Pass)이에요."

그곳을 지나가는 사람들은 내 말을 믿지 않을 수도 있겠지만, 가면서 참으로 멋진 사람을 만났다고 생각할 것이다.

동생들 이름은 데이비드와 다니엘이다. 우리는 데이비드와 다니엘이라고 부르지만, 딴 사람들은 데비와 다니라고 부른다. 하지만 난 그렇게 부르는 게 싫다.

동생들도 분명히 나랑 생각이 똑같을 것이다.

동생들은 쌍둥이다. 사람들은 쌍둥이 동생을 제대로 구분하지 못한다. 왜 그럴까? 아마도 그들은 엄마와 나만큼 똑똑하지 못한 것 같다.

데이비드와 다니엘도 스스로 만든 다른 이름이 있는지는 잘 모르겠다. 그들은 내게 말을 한 적이 한 번도 없다.

동생들은 다섯 살이다. 사람들은 동생들이 말을 해야 한다고 떠들어댄다. 하지만 난 동생들이 지금 당장은 별로 할 말이 없을 거라고 생각한다. 게다가 같이 있으면 내가 너무 말을 많이 해서, 동생들에겐 별로 말할 기회도 주지 않는다.

쌍둥이는 자폐를 앓고 있다. 왜 그런 병을 앓는지는 잘 모르겠다. 쌍둥이가 자폐를 앓는다는 건 그들이 머릿속 생각을 밖으로 펼치기보다는 내면으로 가둔다는 뜻이다. 이런 현상은 뭔가를 배우는 것을 어렵게 한다. 뭔가를 배우려면 생각을 멈추고, 새로운 정보가 뇌에 이르는 동안을 기다려야 하는데, 동생들은 생각을 멈추지 못하는 것 같다.

울 엄마는 자폐에 관한 책을 모두 읽었고, 그 치료 방법을 찾는 중이다. 엄마는 뭐 자폐에 관한 책이 아니더라도 장르에 상관없이 책 읽기를 즐긴다. 엄마는 꿈을 찾고자 책을 읽는다고 했다. 그렇게 말하고 나서 엄마는 왜 그런지 모를 쑥스러운 미소를 지었다.

자폐 때문에 성가신 일은 딱 한 가지인데, 아직도 기저귀를 차야 한다는 것이다. 나는 기저귀 갈아주는 일이 싫다. 대부분은 엄마가 하지만, 엄마가 정신없이 바쁘면 할 수 없이 내 차지가 된다. 난 그 일이 하늘땅만큼 싫다.

우리는 토론토 리젠트파크 구역에 산다. 리젠트파크는 희망봉을 일컫는 이름 가운데 하나다. 희망봉은 아프리카 남단 끝에 있는 곳인데, 항상 폭풍이 몰아쳐 그곳을 지나는 선원들의 목숨을 위협했다. 그 때문에 그곳은 '폭풍의 곶'이라고 불렸다. 그런데 이름을 희망봉으로 바꾸고 나서 더는 선원들을 위협하지 않았다고 한다. 하지만 희망봉을 지나가는 선원 그 누구도 바뀐 이름 따윈 전혀 신경 쓰지 않았을 것이다.

리젠트resent라는 단어는 아직 어린 여왕을 말하거나 어린 왕이 성인이 될 때까지 대신해서 나라를 다스리는 사람을 말한다. 그리고 리젠트로 불리는 사람들은 어마어마한 부자다. 그런데 이상하게도 리젠트파크 주변에 사는 사람들은 가난하기만 하다.

"리젠트파크를 퍼퍼(가난뱅이)파크라고 불러야 해."

언젠가 내가 투덜대며 말했다.

"그러면 아무도 이곳에 살고 싶지 않을 거야."

엄마가 대답했다.

"지금도 여기서 살고 싶은 사람은 없다고!

내가 말했다.

낯선 여자

수업이 끝나면 나는 곧바로 집으로 온다. 딴 애들은 안 그런데, 나는 늘 그런 편이다. 집에 가면 울 엄마는 항상 날 반긴다. 엄마가 야단스럽게 맞이하지는 않지만, 나를 반긴다는 걸 잘 알고 있다. 내가 엄마로부터 쌍둥이 한 명을 받아들지 않아도, 여전히 날 반긴다.

나는 집에 오면 항상 무엇을 해야 하는지 알고 있다. 우리는 팔리아먼트와 제라드 스트리트가 만나는 곳의 3층짜리 아파트 맨 위층에 산다. 길모퉁이에 자리 잡은 아파트 맞은편에는 도서관이 있고, 그 건너편에는 작은 공원이 하나 있다. 팔리아먼트 스트리트 조금 위편에 있는 슈퍼에서 장을 봐, 무거운 장바구니를 들고 집으로 돌아올 때는 너무 무거워 금방이라도 팔이 떨어질 것 같고, 하늘마저 노랗게 보인다. 굿윌 중고품 가게는 건너편 모퉁이에 자리 잡고 있다.

아파트는 서향이라서 학교가 끝날 무렵에야 따뜻한 햇볕이 들어온다. 울 엄마는 쌍둥이와 병원에 가지 않는 날에는 대부분 종일 집에서 보낸다. 내가 문을 열고 들어가면 엄마는 쌍둥이와 거실에서 놀이를 하고 있고, 레코드플레이어에서는 몽키스Monkees 노래가 흘러나온다.

울 엄마는 몽키스의 열성팬이다. 나는 엄마가 몽키스 멤버인 데비 존스의 이름을 따서 데이비드의 이름을 지었다고 생각하지만, 엄마는 그건 아니라고 했다. 나는 아마도 이 세상에서 몽키스의 노래를 모두 아는 내 또래의 유일한 아이일 것이다. 그런데 불행히도 그런 건 전혀 시험에 나오지 않는다.

집에 돌아온 나는 간식을 먹고, 엄마한테 학교에 대

한 불평을 한바탕 늘어놓은 다음, 쌍둥이 한 명만 데리고 밖으로 나간다. 하루는 데이비드이고, 다음날은 다니엘이다.

내가 쌍둥이 하나만 데리고 나가도 엄마는 집안일을 수월하게 할 수 있기 때문에 큰 도움이 된다고 했다. 또 내가 데리고 나가는 쌍둥이는 몸을 움직이게 되니, 밤에 잘 잘 수 있다. 나 역시 온종일 학교에서 지루하게 앉아 있었기 때문에 밖에 나가서 몸을 풀어야 한다.

가끔 나는 방과 후 수업에 참석해야만 했다. 방과 후 수업은 좋은 점도 있지만, 온종일 학교 아이들과 있어야 해서 스트레스였다.

나는 혼자 있는 것이 더 좋다. 탐험가는 혼자 있는 것이 편하다. 탐험가들은 고독을 즐기기 때문에 사람이 많은 것을 싫어한다.

핼러윈데이가 있는 10월의 따뜻한 가을날이었다. 수업이 끝나고 나뭇잎이 떨어진 도랑을 따라 집으로 터벅터벅 걸어오는데, 우리 집 맞은편 작은 공원에 앉아 있는 엑스를 보았다.

나는 친구가 많은 편은 아니지만, 그들은 모두 진정한 친구들이다. 어떤 애들은 친구라고 생각하는 아이들의 명단을 길게 늘어놓기도 하는데, 기껏해야 생일 파티에 초대할 이름들이지, 특별한 친구는 아니다. 하지만 내 친구들은 특별하다. 확실히 엑스도 특별하다.

나는 엑스가 언제 나타나는지, 엑스가 어디로 가는지, 언제 가는지도 모른다. 심지어 나는 엑스의 진짜 이름조차도 모른다.

엑스라는 소리가 신비하게 느껴져서 그 친구를 엑스라고 부른다. 실제로도 엑스는 무척 신비하다. 엑스는 자신의 진짜 이름도, 자신에 대한 어떤 사실도 비밀로 한다. 다만 내가 아는 것이라고는 엑스는 비밀경찰을 두려워한다는 사실뿐이다.

"어떤 경찰이 두려운 건데?"

한 번은 엑스에게 물어보았다.

"경찰은 모두 다."

엑스가 대답했다.

난 그 대답이 너무 무시무시해서 소름이 돋아났다.

나는 애써 엑스를 보지 못한 척하며 곧바로 집으로 걸어갔다. 엑스도 경찰이 지켜볼 것에 대비해 나를 못 본 척했다.

나는 열쇠 두 개를 셔츠 안에다 숨기고 다니는데 하나는 집 열쇠고, 또 하나는 아파트 출입구 열쇠다. 그래야 거리 불량배들이 내가 아파트에 혼자 있다고 생각하지 않을 테니까.

아파트 입구에서 어슬렁거리는 십대 후반 불량배들은 내가 아파트 출입문을 열고 지나가도 거들떠보지 않았다. 그들은 쿨한 척하느라고, 나 같은 꼬마는 아예 괴롭히지도 않는다. 어쩌면 그들은 거들먹거리며 쿨한 척하느라 숨조차 쉬지 않을지도 모른다. 그들은 항상 아파트 출입문 주위에 비스듬히 서서 이곳저곳을 흘깃거린다.

호기심이 발동한 나는 그들의 반응을 보고 싶었다.

"안녕!"

내가 말했다.

"어라, 넌 뭐야?"

한 아이가 가소롭다는 듯이 입을 열었다.

나는 피식 웃으면서 출입문 안으로 들어갔다. 나도 곧 고등학생이 될 테지만 그들처럼 한심해지지는 않을 것이다. 게다가 난 그렇게 오랫동안 서 있는 것을 견딜 수 없다.

언제나 그렇듯이 기쁜 마음으로 현관문을 열었다. 그런데 낯선 여자가 테이블에 앉아 있었다. 몽키스 노래도 들리지 않았다.

쌍둥이는 부엌에 있었다. 데이비드는 수납장 옆에서 무릎을 꿇고 몸을 흔들어대느라고 정신이 없었다. 이것은 그가 가장 좋아하는 놀이다. 데이비드 앞에 베개를 놓아두었으니, 너무 심하게 흔들어댄다 해도 머리를 다칠 염려는 없을 것이다.

다니엘은 팔딱팔딱 뛰면서 새처럼 날고 싶어서 두 팔을 펄럭이는 놀이에 열중이었다. 나는 가서 쌍둥이를 한 명씩 안아주었다. 쌍둥이가 먼저 날 안아주는 법은 없었다.

집안에는 무거운 공기가 감돌았고, 뭔가 기분 나쁜 분위기 속으로 빨려가는 것 같았다.

"나 왔어."

엄마한테 말했다. 하지만 이미 엄마 앞에 서 있었기 때문에 그렇게 말하는 건 바보 같은 짓이었다.

엄마는 힘겹게 날 바라보았다. 얼굴은 잔뜩 경직돼 긴장감이 감돌았고, 울지 않으려고 표정은 일그러져 있었다.

이런 모습은 처음이다. 사람들 앞에서 쌍둥이를 들고 뛸 때도, 피곤할 때도, 멍청한 사람에게 화가 날 때도 엄마는 이런 표정을 짓지는 않았다.

엄마는 화가 나면 울고 싶지만 울 수 없다고 했다. 그런데 오늘 엄마는 화난 것 같지는 않았다. 단지 슬퍼 보였다.

낯선 여자가 내게 미소를 지으면서 말했다.

"네가 '말할 수 없는 이름' 바로, 그 아이구나."

나는 여자의 말을 싹 무시했다. 여자 발치에 있는 서류가방이 눈에 띄었다. 이 가난한 리젠트파크에 서류

가방을 들고 올 만한 사람은 사회복지사뿐이다. 그때 엄마가 쿵쿵 소리를 냈다.

'집에 온 손님에게 예의를 지켜야지' 하고 말하는 소리였다.

할 수 없이 모기만 한 소리로 인사를 했다. 그것이 내가 할 수 있는 최대한의 예의였다.

집안 분위기와는 아랑곳없이 쌍둥이는 바닥에 단추를 펼쳐놓고 신나게 놀고 있었다. 쌍둥이는 단추만 있으면 몇 시간이라도 놀 수 있다. 단추를 쳐다보고, 돌리고, 폭포처럼 떨어뜨리면서 논다.

단추 놀이는 자폐의 한 증세라고 했다. 엄마는 쌍둥이에게 크레용 같은 물건을 가지고 놀게 하려고 애쓰지만, 나는 쌍둥이가 단추를 가지고 노는 것이 그렇게 나쁜 일이라고 생각하지 않는다.

"안 돼. 입속에 단추를 넣으면 어떻게 해!"

나는 다니엘 입에서 단추를 꺼내 헹군 다음, 단추 더미에 다시 던져놓았다.

"친구와 만나기로 했어요."

　나는 엑스에게 줄 땅콩 버터와 옥수수 시럽을 넣은 샌드위치를 만들면서 엄마에게 말했다. 나는 엑스가 다른 음식을 먹는 것을 본 적이 없다. 엑스는 경찰이 음식에 독약을 넣을 것에 대비해서 딴 것은 입에 대지도 않는다.

　사회복지사가 식탁에 서류를 펼쳐놓았다. 그 위에 옥수수 시럽을 확 부어버리고 싶었지만, 그러면 샌드위치를 만들 시럼이 부족하니 참을 수밖에 없었다.

나는 신문지에 샌드위치를 싸서 가방에 넣은 다음, 데이비드에게 재킷을 입히려고 했다.

"데이비드는 집에 놓고 나가라."

엄마가 말했다.

"데이비드 차례야. 어제 다니엘을 데리고 나갔거든."

"다니엘도 집에 놓고 가."

"그렇지만 학교 갔다 오면…."

"알아, 그런데 오늘은 안 돼."

엄마가 내 말을 낚아챘다. 순간 나는 엄마가 난처해한다는 것을 깨달았다. 사회복지사가 집에 있기 때문이다.

서류가방을 들고 온 낯선 여자가 엄마 기분을 망쳐놓았다고 생각하니, 약이 잔뜩 올랐다. 게다가 엄마를 위로한답시고 그 여자가 고양이 발톱 같은 손으로 엄마 손을 잡는 것을 보자, 화가 머리끝까지 치밀었다. 그런데도 엄마는 그 여자가 그렇게 하도록 내버려두었다. 만약 내게 그렇게 했다면 나는 그 여자를 주먹으로 한 방 날려버렸을 것이다.

"오늘은 혼자 가."

엄마는 일부러 약간 크고 명랑한 목소리로 말했다. 두 사람은 내가 빨리 나가기를 원하는 것 같았다.

갑자기 집에 있고 싶어졌다. 엑스만 기다리지 않는다면, 그저 사회복지사를 열받게 하려고 그 옆에 찰싹 달라붙어 있었을 텐데.

하지만 엑스를 기다리게 할 수는 없다. 정말로 끔찍이도 힘든 상황이었지만, 달리 방법이 없지 않은가. 인사도 하지 않고 난 집을 나왔다.

"엑스 만나러 가."

아파트 문을 쾅 닫지는 않았지만, 가능한 한 가장 큰 소리가 나도록 문을 닫으면서 중얼거렸다. 문을 쾅 닫으면 나중에 혼날지도 모르니까.

"다시는 쌍둥이 데리고 밖에 나가나 봐라."

하지만 이건 혼자서 그냥 투덜거리는 말이다. 나는 다시 쌍둥이를 데리고 밖에 나갈 것이다. 쌍둥이가 없

는 밖은 별로 재미 없다. 난 쌍둥이와 함께 나가는 것
이 즐겁다.

신비한 엑스

엑스는 없었다. 이미 짐작한 일이다. 하지만 나는 엑스가 어디로 갔는지를 안다. 그녀는 앨런 공원 벤치에 앉아 있을 것이 뻔했다.

엑스는 우리가 평소에 자주 앉던 벤치에는 없었다. 그래서 공원 한가운데 있는 커다란 온실 쪽으로 가보았다. 그곳에 엑스가 앉아 있었다. 엑스는 평소처럼 회색 트렌치코트를 입고 등을 구부린 채 발만 내려다보고 있었다. 파란색 여행용 가방이 다리 사이에 끼어 있었다.

엑스는 짧은 흰 머리에 얼굴은 온통 주름투성이로 오늘따라 유난히 나이가 많아 보였다.

나는 벤치 끝에 앉아 샌드위치를 꺼내놓았다. 엑스는 천천히 손을 뻗어 샌드위치를 잡아당겼다. 엑스가 샌드위치를 먹는 동안 나는 이야기를 시작했다.

엑스는 쌍둥이와 닮은 데가 있는데, 내가 말하는 것을 듣기만 할 뿐, 한마디도 하지 않는다. 가끔 간단하게 질문에 대답하긴 하지만, 뭔가 불편해 보여서 자주 물어보지는 않는다.

"집에 갔더니 사회복지사가 식탁에 앉아 있더라고. 머리는 세 개나 되고, 고양이 발톱 같은 손톱을 하고는 지독한 화장품 냄새를 풍기고 있지 뭐야."

엑스는 샌드위치를 반으로 잘라, 안을 자세히 살펴보면서 고개를 끄덕였다. 당연히 그녀는 나를 믿지만, 조심하려고 그러는 것이다.

"난 사회복지사가 정말 싫어. 항상 울 엄마가 나쁜 사람인 것처럼 말을 한다니까."

"우리한테만 그러는 게 아니야. 생활보장대상자에겐

언제나 그런 식이야. 우리가 정부지원금을 받기 때문에 그러는 거라고."

예전에 엄마가 이런 식으로 말했다.

"서류에서 당신이 스트립 댄서였다는 것을 봤어요."

언젠가 사회복지사가 이렇게 말하는 것을 들은 적이 있다. 그러고 나서 사죄를 기다리는 것처럼 비아냥거리는 표정을 지었다. 하지만 엄마는 전혀 비굴하지 않았다.

엑스가 샌드위치를 다 먹자, 난 이야기를 멈추었다. 엑스는 샌드위치를 먹는 동안 내가 이야기해주면 편안해한다. 말하는 동안 난 엑스에게 신경 쓰지 않고 말하는 것에만 집중한다. 또 그렇게 하는 게 다른 사람 눈에 띄지 않도록 도와주는 것이다. 경찰에 쫓기고 있다면, 눈에 띄지 않는 것이 좋을 테니까.

엑스와 나는 평소처럼 따로따로 온실을 떠났다. 나는 도서관으로 갔고, 엑스는 어디로 갔는지 모른다.

주중에 혼자 밖에 나온 게 처음이라 그런지, 시간이

갈수록 이상한 기분이 들었다. 전에는 항상 하니스(harness, 안전벨트로, 어깨와 가슴, 허리를 감싸는 장치)를 한 쌍둥이 하나와 같이 있었다. 쌍둥이의 하니스 끈이 내 허리에 매어져 있었고, 내 손은 쌍둥이 손을 꼭 잡고 있었는데, 혼자라는 게 낯설었고, 왠지 모르게 휑한 기분이 들었다.

도서관으로 가는 도중에 이탈리아 식당 앞에서 잠시 멈추었다. 식당 앞에 세워놓은 메뉴를 보자, 갑자기 배가 고팠다.

사실 나는 항상 배가 고프다. 엄마가 항상 끼니를 챙겨 주는데도 그렇다. 학교 급식에서 밥을 먹어도 마찬가지다. 어찌 된 게 난 항상 허기가 지는지. 가끔 너무 배고플 때는 눈에 보이는 강아지나 자동차, 공원 벤치, 신문 같은 걸 한입에 삼켜버릴 수 있을 것만 같다.

메뉴를 훑어본 나는 저녁으로 치킨과 디저트를 곁들인 라비올리를 먹기로 했다. 물론, 마음으로만 결정했을 뿐이다. 그렇게 먹으려면 아마 우리 가족의 일주일치 생활비보다 더 많은 돈이 들 것이다.

앞으로 나는 돈을 많이 벌어서 아무 식당이나 성큼 성큼 들어가서 먹고 싶은 것은 무엇이든지 다 주문해서 배가 터지도록 먹을 것이다.

도서관에서는 큰 지도책을 보면서 한 시간가량을 보냈다. 도서관에는 쌍둥이와는 같이 갈 수 없는 곳으로, 오늘은 혼자이니, 들어갈 수 있었다.

도서관 창문으로 사회복지사가 우리 아파트에서 나오는 장면이 보였다. 사회복지사들은 항상 일을 마치고 나오면서 손을 씻고 싶어서 안달이 난 사람처럼 보인다.

나는 도서관에서 나와 집으로 향했다. 엄마는 쌍둥이와 거실에 앉아 있었다. 우리 집 거실에는 가구가 하나도 없다. 단지 벽 쪽에 깔아놓은 매트리스에 담요와 형형색색의 베개가 몇 개 놓여 있을 뿐이다.

베개를 만드는 건 엄마의 취미다. 엄마는 중고품 가게에서 사온 천을 예쁜 모양으로 자른 다음, 직접 바느질해서 베개를 만든다. 엄마가 만든 베개는 참 예쁘다.

우리 집에는 텔레비전이 없다. 예전엔 있었지만, 쌍둥이 치료비 때문에 내다 팔았다. 난 아무래도 상관없다. 사실 그 텔레비전은 잘 나오지도 않았다.

쌍둥이는 엄마와 쪼그리고 앉아서 옹알거리며 손가락으로 장난치고 있었다.

"지금 운동시키지 않으면 밤새 자지 않고 보챌 거야."

내가 신발을 벗으며 말했다.

"그건 오늘 밤에나 걱정하지 뭐. 지금은 우리 아기들이 모두 옆에 있는 게 좋아."

엄마는 미소를 지으며 나를 맞았다.

나는 엄마가 우리를 '우리 아기'라고 부르는 게 좋다. 당연히 우리는 아기가 아니니까 그렇게 말하는 게 바보 같지만, 어쨌든 나는 그렇게 말하는 게 좋다.

우리는 모두 거실에 앉아 있었다. 어쩌면 밤새도록 그렇게 있고 싶었는지도 모른다. 그런데 내 배에서 꼬르륵꼬르륵 소리가 나는 바람에, 엄마가 수프를 데우려고 부엌으로 갔다.

우리는 보통 저녁에 수프를 먹는다. 저녁으로 수프를 먹지 않아도 수프는 항상 준비되어 있다. 수프는 엄마가 직접 만든다. 가끔 우리는 수프와 빵, 수프와 샌드위치를 먹고, 더러는 매시트포테이토 위에 수프를 부어 먹는다. 오늘 저녁엔 토스트에 수프를 부어 먹기로 했다.

울 엄마가 토스트를 만드는 동안 나는 수프를 저으면서 '수프 송 soup song'을 불렀다.

향기로운 수프, 정말 고소하고 감칠맛 나네.
뜨거워도 조금만 참아! 뚜껑 달린 냄비야.
이렇게 맛있는 걸 어떻게 참을 수 있나.
오늘 저녁에는 수프를! 향기로운 수프를!
오늘 저녁에는 수프를, 향기로운 수프를!

그리고 『이상한 나라의 앨리스』에 나오는 노래에다 다른 가사를 붙여서 불렀다.

끔찍한 수프, 끈적끈적 구역질 난다네.

징그러운 올빼미 머리로 만들었다네.

누가 이런 구더기 같은 걸 퍼먹을까.

해골로 만든 수프, 끔찍한 수프! 예~

해골로 만든 수프, 끔찍한 수프! 옙!

수프를 맛있게 먹고 늦은 밤, 우리는 리젠트파크 야구장으로 가서 쌍둥이가 피곤해서 잠들 때까지 운동장을 뛰었다. 운동장에는 우리 외엔 아무도 없었다. 밤 공기가 신선하고 차가웠다.

엄마와 나는 술래잡기를 하며 놀았고, 쌍둥이는 우리를 쫓아다녔다. 나는 참 기분이 좋았다. 우리가 이 세상에서 가장 행복한 사람들 같았다.

창문과 베란다에서 우리를 내려다보는 사람들이 보였다. 그들은 우리가 웃으며 행복한 시간을 보내는 모습을 지켜보았다.

나는 그들에게 손을 흔들었다. 엄마도 웃으면서 손을 흔들자, 그들도 손을 흔들어 주었다. 나는 우리가

즐겁게 노는 모습을 보고 그들도 즐거울 것으로 생각했다.

집으로 돌아온 나는 숙제를 했고, 엄마는 쌍둥이를 재우러 방으로 갔다. 쌍둥이 방에도 거실처럼 매트리스가 깔려 있다.

한참이 지났는데도 엄마가 나오지 않았다. 쌍둥이 방에서 엄마의 코 고는 소리가 새어나왔다. 방에 들어가 보니, 엄마는 반은 매트리스에, 반은 바닥에 몸을 걸친 채 잠이 들어 있었다.

엄마가 그렇게 자는 모습을 보는 건 흔한 일이다. 엄마는 늘 피곤하니까. 나는 엄마에게 담요를 덮어주고 키스를 했다.

우리 집에는 엄마의 침실과 그보다 조금 더 큰 쌍둥이 방이 있고, 내가 골방을 쓴다. 내 방에는 높은 침대가 창문 옆에 놓여 있고, 그 옆으로 사다리가 있다. 작은 침대에는 기차의 2층 침대처럼 커튼이 쳐져 있고 침대 밑에는 책꽂이와 옷을 넣는 수납함이 있다.

내 중요한 물건들은 침대 옆 선반에 두지만 중요한

물건은 쌍둥이 손이 닿지 않게 높은 곳에 두어야 한다.

나는 침대에 누워 창밖을 바라보며 가끔 고비 사막을 지나는 기차여행을 하거나, '폭풍의 곳'을 항해하는 선실에 누워 있다고 상상한다. 하지만 오늘은 잠들어 있는 엄마와 동생들과 함께 여행할 것이다. 오래 걸리지는 않을 것이다. 나도 곧 잠들 테니까.

멍청한 정삼각형

"엄마, 진짜로 학교 축제에 올 거야?"

"…."

"진짜로 멍청한 역이라서 바보처럼 보일 거란 말이야!"

내 표정은 일그러졌고, 금방이라도 울음이 터질 것 같았다.

"그래도 난 보고 싶어. 나중에 네 아이에게 이런 이야기를 해주면 아주 재미있어할 거야."

엄마는 데이비드에게 재킷을 입혔다.

해마다 10월 말이면 학교에서는 학부모들을 불러놓고, 그들의 불쌍한 자녀가 학교생활을 잘하고 있다는 것을 보여주는 빤한 축제를 연다. 당연히 대부분 거짓말이지만, 모두 다 알면서도 모른 척한다.

학교 선생님들은 아이가 성공하면 학교가 잘 가르친 것이고, 실패하면 가정교육 탓으로 돌린다. 학교 선생님들이 다 그런 건 아니지만 대부분은 그렇다.

유능한 선생님들은 가난한 학교에서 근무하길 원하지 않는다. 사람들은 가난한 아이들은 당연히 인생의 낙오자가 된다고 생각한다. 그러면서 왜 우리를 귀찮게 괴롭히는 걸까?

나는 낙오자가 아니다. 나는 이제 열네 살이고 중학교 1학년이다. 선생님들은 늘 엄마에게 내가 좋지 않은 성적으로 학년을 마치게 될 거라고 경고한다. 그리고 우리가 가난하고, 쌍둥이가 자폐를 앓고 있고, 엄마가 스트립 댄서였기 때문에, 내 삶이 좌절과 실패로 얼룩질 것이라고 예상한다.

1학년 연극은 오늘 축제의 하이라이트다.

　"우리 연극이 참말로 하이라이트라면, 실망이 이만
저만이 아닐텐데."

　나는 하니스(안전벨트)에 다니엘을 힘겹게 넣고 버클
을 잠그면서 투덜거렸다.

　"연극이 좋은 건, 왕의 본심을 까발릴 수 있기 때문
이지. 햄릿에 나오는 대사야."

　엄마는 옛날 음악에 맞추어 춤을 추면서 『햄릿』에

나오는 대사를 인용했다.

"엄마, 그거 다 읽어봤어?"

"그럴 필요 없어. 그게 제일 멋진 대사야."

"내 생각엔 최고로 멋진 대사는, '죽느냐 사느냐, 그
것이 문제로다' 인 것 같은데."

"꼭 그런 건 아니야."

우리는 쌍둥이에게 하니스를 채워 밖으로 데리고 나
갔다. 하니스를 채우면 쌍둥이는 복잡한 거리에서 들
고 뛸 수 없다. 쌍둥이는 아직 자동차를 이해하지 못하
니, 어쩔 수 없다.

나는 학교에 가는 내내 내가 맡은 역에 대해 불평을
늘어놓았다.

"바보 역은 없어. 단지 바보 배우만 있는 거야."

엄마가 말했다.

"그냥 내버려 둬. 심술부리고 싶단 말이야."

내가 짜증을 내도 엄마는 웃기만 했다.

나와 한 반인 티파니와 그 뒤를 바보처럼 따라다니
는 일당이 학교 정문 앞에 모여 있었다.

'저 아이들은 잘나가는 십대 패거리가 될 거야.'

그렇게 생각하면서 나는 강당으로 향했다. 엄마는 연극을 시작할 때까지 쌍둥이를 데리고 학교 주위를 걷기로 했다.

"쌍둥이를 피곤하게 한 다음에 앉혀놓으면 괜찮을 거야."

엄마가 말했다.

연극은 정말로 말도 안 되는 내용이었다. 시나리오는 우리 반 여자아이가 쓴 것인데, 그 아이는 늘 선생님들한테 글을 잘 쓴다고 칭찬받아서, 진짜로 자기가 위대한 작가라도 되는 줄 알고 의기양양하다. 하지만 선생님들은 단지 그 아이의 글이 자신들 입맛에 맞기 때문에 그렇게 말한 것뿐이다.

연극에서 주인공 여자아이는 중학생을 시작하는 것에 심한 스트레스를 받는다. 여자아이는 중학교 1학년을 시작하기 전날 밤 꿈을 꾼다. 꿈속에서 요정이 나타나 1학년이 배우게 될 멋진 곳으로 여자아이를 인도한다. 여자아이는 잠에서 깨어나 새로 시작할 중학교를 설레는 마음으로 기다린다.

분명히 연극이 절반 정도 진행할 때쯤 되면 관객 전체가 지루해서 몸살이 날 것이다.

나는 정삼각형 역을 맡았다. 커다란 마분지 삼각형을 목에 걸고 나는 "세 면이 다 똑같아. 세 각도 다 똑같아. 그래서 나는 모든 것이 다 같아" 하고 말한다. 정말로 한심하다.

무대 뒤는 혼잡스러웠다. 메론볼이라는 별명을 가진 노처녀 담임선생님은 사방을 뛰어다니며 별로 중요하지도 않은 오만가지 사실을 확인하고 다니며 수선을 피워댔다.

'치, 지금 브로드웨이에서 공연이라도 하는 줄 아나 봐.' 나는 중얼거리며 얼른 선생님을 피했다. 하지만 그 전에 선생님 눈에 딱 걸리고 말았다.

"오, 그래. 너 여기 있었구나. 서둘러서 의상 갈아입어라!"

선생님은 나를 기하학 모양으로 생긴 친구에게 밀며 말했다. 그때 티파니와 그 일당이 들어섰다. 내가 그들을 지나쳐 의상 테이블 쪽으로 걸어가자 그들이 낄낄거렸다.

"왜 웃어?"

"넌 너무 어려."

한 아이가 말했다.

나는 못 들은 척 무시했다.

"야, 너 아직 내 말을 이해 못 했나 본데, 넌 아직 브래지어도 안 했지!"

"너는 네 가슴이 멍청하다고 생각하지 않니? 아니면 네가 멍청하든지."

나는 그들을 향해서 말했다.

"너 지금 나한테 멍청하다고 했니?"

"무슨 말인지 이해가 안 되니? 그러면 메론한테 가서 사전 좀 달라고 해. 철자를 모르면 가르쳐 줄까?"

"이 쪼끄만 게!"

티파니가 날 세차게 밀었고, 나는 바닥에 넘어졌다. 그 탓에 삼각형이 구겨졌다. 난 벌떡 일어나 티파니를 노려보았다. 그때 누가 내 어깨를 잡았다. 메론이다.

"카이버, 그만 해! 네 연극 의상이 그게 뭐니!"

"뭐 지금이 더 보기 좋네요."

나는 중얼거렸다. 하지만 메론이 들을 만큼 큰 소리
는 아니었다.

"옷 잘 추스르고, 이제 말썽 피우지 마! 무대 뒤에서
지켜볼 거야. 또 그러면 나중에 아주 혼날 줄 알아!"

메론 선생님은 티파니에게는 아무 말도 하지 않았
다. 티파니는 예쁘고, 집도 부자다. 어른들은 예쁜 부
잣집 아이들은 절대 아무 잘못도 하지 않는다고 생각
한다.

나는 예쁘지 않고, 삐쩍 말랐고, 머리 빗는 게 귀찮
아서 머리카락은 항상 엉켜 있다. 그러니 선생님들이
날 좋아할 리가 없다.

티파니는 당연히 이 연극의 주인공으로, 중학교 1학
년을 두려워하는 아이 역을 맡았다. 그 일당 중 한 아
이가 요정 역을 맡았다. 그들은 무대 뒤를 마치 공작새
처럼 활보하며 다녔다. 나는 그 꼴이 보기 싫었다. 그
들은 연극이 얼마나 한심한지 깨닫지 못하는 것 같다.

연극이 시작되어, 나는 무대 옆에서 차례를 기다리며 연극을 지켜보았다. 역시 연습할 때처럼 지루해, 하품만 나왔다. 관중석에서 쌍둥이 목소리가 들려왔다. 그 목소리는 한껏 들떠 있었다.

드디어 내 차례가 왔다. 나는 다른 삼각형들과 함께 무대로 올라갔다. 그 순간 다니엘이 소란을 피우기 시작했다. 엄마가 다니엘을 진정시키는 동안 데이비드가 의자에서 슬그머니 미끄러져 내려와 주위를 돌아다녔다. 데이비드는 사람들을 툭툭 치면서 이상한 소리를 냈다.

'아주 잘하고 있어.'

나는 속으로 쾌재를 불렀다.

'오늘 저녁에 재미있는 일이 벌어질 것 같군.'

쌍둥이는 점점 더 크게 소리를 질러대며 재미있어했다. 덕분에 티파니는 점점 더 목소리를 높여야 했다.

나는 관중석을 둘러보았다. 데이비드에게 툭툭 얻어맞은 사람들은 무슨 고약한 냄새라도 맡은 것처럼 얼굴이 일그러졌다.

"저 바보 형제를 동물원으로 보내버리란 말이야!"

짜증이 난 티파니가 나를 노려보았다.

화가 난 나는 쿵쿵거리며 무대에서 내려왔다. 쌍둥이가 내는 소리보다 내 발소리가 더 크게 들렸다. 연극은 잠시 중단되었다.

"이리 와, 데이비드."

나는 데이비드를 안았다. 데이비드는 따뜻하고 작은 팔로 내 목을 감싸 안았다. 나는 데이비드를 안고 다시 무대로 올라갔다. 데이비드를 안고 계단을 오르는 게 힘이 들었다. 데이비드는 점점 무거워지고 있었다.

무대 위에서 나는 반 친구들과 관객을 노려보았다. 내 차례인지 아닌지 상관하지 않고 멍청한 내 대사를 힘껏 외쳤다.

"내 망할 놈의 면은 다 똑같아! 내 망할 놈의 각도 다 똑같아! 그래서 망할 놈의 모든 것이 다 똑같아!"

나는 마분지 삼각형을 박박 찢어 바닥에 내던졌다. 그런 다음 더 세게 발을 구르면서 무대 뒤로 사라졌다.

엄마와 다니엘이 정문에서 기다리고 있었다.

"카이버, 이리 와!"

엄마는 나를 꼭 안았다. 기분이 좋았다. 엄마가 고함치면서 다신 그러지 않겠다고 맹세하라고 할 줄 알았는데, 웬일인지 아무 말도 하지 않았다.

저녁에 나는 잠이 들었고, 두 시간쯤 지나서 깨어났다. 부엌에서 엄마의 울음소리가 들렸다.

침대에서 내려가려고 하는데, 이번엔 주바 아줌마의 부드러운 목소리가 들려왔다. 주바는 엄마의 가장 친한 친구로, 리젠트파크 건너편 끝에 있는 고층 아파트에 산다.

'아줌마가 엄마를 위로해 주겠지.'

나는 그렇게 생각하며 다시 잠 속으로 빠져들었다.

심술쟁이 웨이트리스

'트로이 목마'라는 레스토랑의 웨이트리스가 있는데, 나랑 아주 친하다. 그녀는 토론토에서 가장 심술궂은 웨이트리스일 것이다.

내 말이 조금 과장되게 들리겠지만, 이건 사실이다. 그녀는 잡지에도 나왔다. 레스토랑 창문에 지금도 그기사가 붙어 있다. 레스토랑 주인은 그렇게 하는 게 장사에 도움이 된다고 했다. 하지만 사장은 그 말을 아주 조심스럽게 했다. 사장인데도 그녀를 좀 두려운 듯이.

"그녀가 그 기사를 어떻게 이용하는지 모르지만, 어

쨌든 나보다 더 많이 벌어. 게다가 팁도 받잖아!"

내가 그릇을 닦고 있는데, 레스토랑 사장이 귓속말로 속삭였다.

그녀 이름은 발레리다. 발레리는 분명히 팁으로 돈을 좀 모았을 것이다. 그녀는 손님이 두고 간 팁이 마음에 들지 않으면 손님을 다시 불러서 팁을 더 요구한다. 나는 발레리가 레스토랑 밖까지 손님을 쫓아가는 것을 본 적이 있다.

"지금 저보고 이걸 가지라고 남겨놓은 건가요?"

발레리는 이렇게 함부로 말한다. 그러면 대체로 손님들은 놀랍고 두려워서 마지못해 팁을 더 내어 준다. 하지만 발레리는 부자에게만 그렇게 한다. 그러니까 우리보다 부자인 사람에게만 그렇게 한다는 말이다. 리젠트파크 외곽에는 부자들이 많이 사니까.

'트로이 목마'를 찾아온 손님들이 음식에 만족하지 못하면, 발레리는 주문한 음식 말고도 서비스 음식을 가득 내온다. 하지만 그녀는 서빙하는 내내 무례하게 군다. 친절하게 대하면 누군가가 자신을 비난할까 봐

트로이 목마

두려워하는 사람처럼. 그녀는 사람들의 불만 따위는 조금도 개의치 않는 것 같다.

그런 발레리에게도 한 가지 약점이 있다. 바로 아기들이다. '트로이 목마'에 아기들이 오면 무조건 그녀 차지다. 아기들을 쓰다듬고 뽀뽀하느라 정신을 못 차릴 지경이다.

사장과 나는 그런 모습을 지켜보는 게 무척이나 재미있다. 그녀는 아기를 완벽하게 돌본다. 아이와 같이 온 사람들이 그녀에게 이제 그만 아기를 내려놓고 접대를 해주기를 바라면, 그녀는 강아지가 먹잇감을 지키듯이 으르렁거린다. 그래서 '트로이 목마'에 자주 오는 부모들은 아예 그녀에게 아기를 맡겨놓고 한가롭게 음식을 즐긴다.

아이들은 발레리가 안아주면 울다가도 울음을 뚝 그친다. 아무래도 아이들이 발레리를 편하게 생각하는 것 같다. 아니면 불타는 듯한 그녀의 빨간 머리에 놀라서 차마 울지 못하는 건지도.

발레리는 엄마와 내게도 무례하지만, 우리는 그녀를

두려워하지는 않는다. 발레리는 내가 태어나기 전부터 엄마의 친구였다. 두 사람은 엄마가 댄서로 일할 때 처음 만났다고 했다. 엄마는 오후 2시에 와서도 아침 메뉴를 달라고 떼를 썼다고 했다. 당연히 발레리는 엄마에게 으르렁거렸고, 엄마 역시 호락호락하지 않았다. 그러다 둘은 자연스럽게 친구가 되었다.

발레리는 내가 첫 돌이 될 때까지 나를 물고 빨고 하며 애정을 쏟았다고 한다. 내가 태어난 날에는 '테디베어'를 선물하기도 했다. 아직도 나는 그 인형을 갖고 있다. 또 그녀는 엄마의 인생 코치이기도 하다. 발레리는 실제로 엄마를 닦달했고, 아기를 낳게 조언했고, 하찮은 일로 시간을 낭비하지 못하게 했다.

내가 첫 돌을 넘기자, 이유는 알 수 없지만, 그녀는 물고 빨며 예뻐하던 것을 멈추더니, 심술을 부리기 시작했다. 나는 발레리의 심술과 함께 자라났다. 그래도 나는 그 심술이 좋다.

어른이 되면 나도 발레리처럼 거칠게 행동할 것이다. 그리고 제발 엄마는 내가 좀 더 거칠어지는 연습을 할 수 있도록 내버려뒀으면 좋겠다.

발레리는 쌍둥이를 보면 예뻐서 거의 정신을 못 차린다. 난 동생들을 예뻐하는 사람이 좋다. 당연히 발레리는 쌍둥이에게도 거칠지만, 쌍둥이는 그녀가 좋은 친구라는 것을 아는 것 같다.

레스토랑에서 어떤 사람이 쌍둥이가 내는 특이한 소리에 불만을 터뜨리거나, 이리저리 부딪히며 다닌다고 불평하면, 발레리는 난폭하게 그들이 먹는 음식을 빼앗고 내쫓아버린다. 나는 발레리의 그런 행동이 참 마음에 든다.

나는 토요일 아침에 한 시간씩 '트로이 목마'에서 아르바이트를 한다. 아직은 내가 어리기 때문에 진짜 직업은 아니지만, 그래도 직업은 직업이다. 발레리가 나를 추천했다. 발레리는 사장에게 나를 채용해야 한다고 말했고, 사장은 고분고분 고개를 끄덕이며 주방으로 모습을 감추었다.

나는 '트로이 목마'에 가는 게 좋다. 레스토랑에는 퀴퀴한 담배 냄새가 나지만, 맛난 베이컨 향도 나고 기름 냄새도 나고, 커피 향도 난다. '트로이 목마'는 따뜻하고 유쾌한 곳이다.

"카이버, 빨리 문 닫고 들어 와."

레스토랑에 도착하자마자 발레리가 호통을 쳤다. 나는 얼른 돌아서 히죽 웃으며 재킷을 벗었다.

"이거 깨끗이 치워!"

발레리는 지저분한 쓰레기를 가리켰다. 그녀는 대체로 내게 지저분한 것을 치우라고 시킨다.

"이거 나한테 시키려고 일주일 내내 놔둔 거죠?"

"그만 조잘거리고 일이나 해."

나는 입을 다물고 쓰레기를 치우기 시작했다. 얼마 뒤, 쓰레기는 깨끗이 치워졌고, 내 임무는 끝이 났다.

일을 다 마치고 구석진 테이블에 가서 앉자, 발레리가 아침을 가져왔다. 나는 일을 해주는 대신 아침을 먹는다. 레스토랑에서 먹는 아침은 정말로 근사하다. 마치 내가 중요한 사람이 된 것 같다고나 할까.

신이 나서 달걀에 케첩을 잔뜩 뿌렸더니, 마치 피범벅이 된 것처럼 지저분해 보였다. 발레리가 베이컨을 더 가져왔다. 나는 달걀노른자에 베이컨을 얹어서 먹으면 참 맛있다.

아침을 먹은 다음, 도서관에서 점심때까지 시간을 보냈다. 오후에는 엄마가 늘 시키는 허드렛일을 했고, 데이비드와 공원으로 산책하러 나갔다. 우리는 한동안 공원에서 뛰놀다가 결혼식 시간에 맞춰 온실 쪽으로 이동했다.

결혼식에서 일하는 건 내 비밀직업이다. 엄마한테 비밀이란 뜻이다. 엄마는 그런 일을 하면 안 된다고 확실히 말하진 않았지만, 그건 내가 그런 일을 할 거라고 상상도 못하기 때문이다.

물론, 데이비드도 엄마에게 말하지 않는다. 가끔은 쌍둥이의 자폐가 좋을 때도 있다.

데이비드와 나는 결혼식에서 가장 인기가 좋은 중앙 벤치에 앉았다. 데이비드에게는 지루하지 않게 단추 두 개를 주었다.

우린 오래 기다릴 필요도 없었다. 결혼식에 참석하려는 사람들이 우리가 앉은 벤치로 몰려들었다. 그들은 데이비드와 나를 힐끔거리며 얼굴을 일그러뜨렸다.

"안녕!"

사진사가 아주 다정스러운 척하며 내게 인사를 건넸다. 나는 그런 스타일을 잘 안다. 그 정도로는 나를 조금도 밀어내지 못할 것이다. 사진사는 곧 자신의 머리카락을 쥐어뜯게 될 것이다.

나는 그를 경계하면서 답례로 고개를 숙였다. 그는 카메라를 설치하느라 분주했다. 사진 촬영의 핵심은 우리가 앉아 있는 이 벤치다. 사진사는 우리가 비켜주리라 생각했는지, 조명장치를 준비하는 데만 정신이 팔려 있었다.

결혼식에 참석한 사람들이 우리를 바라보았다. 그들은 데이비드가 뭔가 다르다는 것을 알아차린 것 같았다. 이런 아이를 홀대했다는 비난을 받고 싶지 않은지 우리를 향해 상냥한 미소를 지었다.

"저…, 어여쁜 꼬마 숙녀께 잠시 비켜달라고 부탁한다면…"

사진사가 다시 다정한 척 웃었다. 나도 따라 웃었지

만, 움직이지 않았다. 못생긴 신랑 들러리가 다가왔다.

"준비 다 됐죠?"

사진사가 대답 대신 우리를 흘끗 보았다. 신랑 들러리는 자신의 임무가 무엇인지 안다는 양 고개를 끄덕였다. 그는 이 세상 시간이 모두 자기 것인 양 어슬렁 어슬렁 거리며 다가와 내 옆에 앉았다.

"뭐 하고 노는 거니? 단추 가지고 노니?"

그가 데이비드에게 물었다.

데이비드는 특유의 소리를 내면서 단추만 만지작거렸다.

"여기서 사진을 좀 찍고 싶은데, 괜찮겠지?"

"그럼요. 괜찮죠."

"고마워."

그는 승리의 기쁨을 만끽하며 사진사에게 다가갔다.

"역시 난 아이들한테 강하다니까."

하지만 나는 꼼짝도 하지 않았다. 신랑 들러리가 다시 내 옆에 앉았다.

"음, 그러니까 내 말은, 우리가 이 벤치를 사용하고

싶다는 뜻이야."

"그러세요."

"그러니까 네가 좀 비켜줬으면 좋겠어."

나는 꿈쩍도 하지 않았다. 신랑 들러리는 난감한 표
정을 지으며 이쪽으로 오는 신랑을 바라보았다. 신랑
은 들러리보다 훨씬 더 못생겼다.

신랑은 주머니에 손을 넣어 2달러를 꺼냈다.

"이거 가지고 가서 사탕 사 먹어라."

"고맙습니다."

나는 여전히 그곳에 앉아 있었다.

"도대체 왜 여기서 방해하는 거야?"

저쪽에 있던 신부가 못 참겠다는 듯 목소리를 높이
며 벤치 쪽으로 왔다. 더 많은 사람이 주위로 몰려들었
다.

"얘야, 여기서 사진 좀 찍게 좀 비켜주겠니?"

열받은 신부가 더욱더 목소리를 높였다. 나는 꿈쩍
도 안 했다.

"지진아니? 오늘은 내 결혼식이란 말이야, 알겠어?

내 결혼식이라고!"

신부는 큰 소리로 또박또박 말했고, 나는 그녀를 똑바로 응시했다.

"돈 좀 더 줘서 보내!"

화가 치밀은 신부가 신랑에게 소리쳤다. 신랑은 주머니에서 돈뭉치를 꺼내 그중 2달러를 내게 건네주고, 남은 돈은 도로 주머니에 집어넣으려고 했다. 그때 신부가 신랑 손에 있는 돈을 몽땅 낚아채 내게 던졌다.

"동생하고 사탕 사 먹어라."

신랑이 부드럽게 말했다. 신랑은 고마웠지만, 신부는 전혀 고맙지 않았다. 역시 난 꼼짝도 안 했다.

"정중히 부탁할게. 자리 좀 비켜주겠니?"

신랑이 사정하듯 말했다.

나는 천진난만한 모습으로 눈을 깜빡였다. 데이비드는 특유의 소리를 내며 뛰기 시작했고, 양팔을 벌려 흔들어댔다.

나는 다음에 일어날 장면을 떠올렸다. 다음 장면이 내가 가장 좋아하는 하이라이트다. 누군가 성질에 못

이겨 팔팔 뛰게 될 것이다. 난 항상 그 장면을 즐긴다. 엄마가 내게 화낼 때는 너무나 싫지만, 모르는 사람들이 그럴 때면, 특히 내가 아무것도 잘못한 게 없을 때는 말할 수 없는 즐거움을 느낀다.

이번에 걸린 사람은 신부였다. 신부의 얼굴이 울그락푸르락하면서 부풀어 올랐다. 그녀는 냄비에서 물이 부글부글 끓어 넘치는 소리를 내기 시작했다.

나는 신부가 마음에 들지 않았다. 딴 사람들도 다 마찬가지다. 가끔은 괜찮은 사람들도 있다. 그러면 처음에 신랑이 준 돈만 받고 유쾌하게 자리를 비켜준다. 하지만 이번엔 전부 마음에 들지 않았다.

신부의 웨딩드레스는 비싼 것이 틀림없다. 우리 집 집세 1년 치 보다도 많을 것이다. 아니, 어쩌면 5년 치가 될 수도 있다.

"난 오늘을 준비하는 데 아주 공을 많이 들였거든! 그리고 지금까지 모든 게 완벽했어! 그러니까 네가 내 결혼식을 망치도록 보고만 있지는 않는다고!"

신부의 목소리는 까마귀와 갈매기가 쓰레기통에 매

달려 울부짖듯이 날카롭게 갈라졌다. 신부도 신랑만큼 이나 못생겼다. 결혼식에 참석한 사람들도 다 마찬가지다. 그들은 돈을 모아서 성형외과를 찾아가야 할 정도였다.

"집어던지기 전에 네 못난 동생을 데리고 당장 여기서 꺼져!"

프랑켄슈타인이 된 신부가 침을 튀겨가며 펄펄 뛰었다. 나는 일할 때는 불쾌한 언어를 쓰지는 않는다. 그렇지만 신부가 내 동생을 모욕했기 때문에 한 방 날리기로 했다.

"아줌마, 들러리들 드레스가 왜 그렇게 촌스러워요. 색깔도 똥 색이네요."

당황한 들러리들이 일제히 자신의 드레스를 살펴보았다.

나는 그들의 얼굴에서 내 말에 동의한다는 표정을 읽었다. 그들은 전에는 자신들의 드레스에 만족했겠지만, 이제는 아마도 그 옷이 꼴도 보기 싫을 것이다. 한방 날린 것에 흡족한 나는 데이비드의 손을 잡고 유유히 그곳을 떠났다.

호주머니에 돈이 들어 있어서 행복했다. 내게는 목
표가 있어서 저금을 해야 하니, 돈을 함부로 쓰지는 못
하지만, 그래도 데이비드와 나를 위해 맛있는 과자를
한 봉지씩 샀다. 과자를 사 먹음으로써 먼 훗날 탐험가
가 될 기회를 앞당길 수 없다는 것을 잘 알지만, 그래
도 괜찮다.

섬 여행

우리는 평소처럼 일요일 아침에 교회에 갔다. 쌍둥이는 교회 놀이방에서 놀고, 나는 주일학교에 가고, 엄마는 혼자서 예배를 드렸다.

나는 하느님을 꼭 믿는 건 아니지만, 주일학교는 좋아한다. 주일학교 선생님과 옛날 지도책을 보면서 낙타에 관한 이야기를 나누었다. 나는 낙타에 대해 지식이 꽤 많은 편이다.

"날씨가 아주 좋지는 않구나."

엄마가 집으로 돌아오면서 말했다.

"괜찮아, 엄마! 어쨌든 나랑 약속했잖아."

엄마는 애원하는 나를 보며 웃었다.

"그래, 알았다. 갈 테니까, 그만 좀 볶아라."

몇 주 전부터 엄마는 하루 시간을 내어 우리와 토론
토 섬에 놀러 가겠다고 했다. 하지만 뱃삯이 너무 비싸
서 자꾸만 미루어왔다.

우리는 배를 타는 곳까지 걸었다. 그곳은 리젠트파
크에서 꽤 멀리 떨어져 있지만, 영 스트리트를 따라 내
려가면 지루하지 않게 갈 수 있다.

영 스트리트는 토론토에서 가장 복잡한 거리라서 엄
마는 나 혼자서는 그곳에 가지 못하게 한다. 불량배들
이 곳곳에 진을 치고 있으니까.

가는 도중에 나는 영 스트리트를 지날 때마다 즐겨
찾는 캠핑용품 가게로 엄마를 이끌었다.

"오늘은 싫어. 다른 데 가자, 카이버."

엄마가 고개를 저었다.

"가게엔 텐트와 캠핑 장비밖에 없잖니. 그러지 말고
우리 쇼핑가서 옷이나 한번 입어볼까?"

엄마가 웃으면서 나를 놀려댔다. 엄마는 내가 10분 동안 옷을 입어보는 것보다 차라리 메론과 함께 한 시간을 보내는 편을 택할 거라는 사실을 잘 알고 있다.

우리가 들어간 가게에는 세상에서 가장 커다란 배낭이 있다. 나는 몇 달 동안 유심히 그 배낭을 보아왔다. 값이 무려 60달러나 한다. 아직 14달러밖에 모으지 못했으니 한참을 더 모아야 한다. 결혼식에 더 자주 가서 열심히 일해야겠다.

"이게 그거니?"

엄마는 벽에 걸려 있는 배낭을 내려서 살펴본 후에 내게 건네주었다.

"그래, 바로 이거야."

나는 배낭을 받아들고 요모조모 살펴보았다. 배낭에는 주머니가 많이 달렸다. 안쪽 깊숙한 곳에는 비밀 주머니도 있다. 나는 그 주머니를 엄마에게 보여주며 말했다.

"이 배낭을 메고 멋진 탐험을 할 거야."

"그래, 넌 틀림없이 그럴 거야."

엄마는 배낭을 다시 걸어놓으며 말했다.

"언젠가 너에게 사줄 날이 올 거야."

그때 데이비드가 날카로운 소리를 내었다. 우리는 유리 상자 안에 있는 물건들은 제대로 구경도 못하고 쫓기듯 가게를 나왔다. 그래도 배낭을 볼 수 있어서 좋았다.

엄마는 당연히 내가 이 배낭을 사려고 결혼식에 가서 번 돈의 존재를 모른다. 나는 그 돈을 작은 가방에 넣어서 내 매트리스 밑에 넣어두었다.

길을 걸으며 나는 엄마에게 배낭과 주머니에 무엇을 넣을지를 이야기했다. 아마도 엄마는 내 말을 제대로 듣고 있지 않을 것이다. 비록 쌍둥이가 하니스를 했다 하더라도 사람들을 뚫고 지나가기란 쉽지가 않았다. 하지만 상관없다. 나는 엄마가 내 목소리가 들리는 영역 안에 있다는 것만으로도 행복하니까.

배 위는 추웠지만, 우리는 갑판으로 올라가서 얼굴에 와 닿는 신선한 바람을 즐겼다.

"좋아!"

데이비드가 말했다.

"잘했어, 데이비드!"

엄마가 들뜬 목소리로 데이비드를 칭찬했다. 쌍둥이
가 말을 할 때마다, 또 사람들과 눈을 마주칠 때마다

용기를 주는 것은 중요한 일이다. 그래서 엄마는 하루에 한 시간씩 쌍둥이와 시간을 보내면서 말을 하게 하거나 눈을 마주치도록 노력한다. 쌍둥이는 그렇게 할 때마다 마시멜로를 하나씩 상으로 받는다. 이것은 엄마가 책에서 찾은 프로그램이다.

한동안 나는 눈 마주치기 게임을 이해할 수 없었다. 그런데 어느 날, 엄마가 온종일 나와 눈을 마주치지 않은 적이 있었다. 그 후로 나는 그 프로그램을 이해할 수 있었다.

"쌍둥이가 빠르게 자라고 있어."

엄마는 쌍둥이를 바라보며 대견한 듯 말했다.

"점점 더 무거워지기도 해."

"걔들 아버지를 닮아서 그래. 키가 껑충 컸잖아. 기억나니?"

"어떻게 잊겠어, 못생겼잖아. 하지만 쌍둥이는 잘생겼어."

"그럼! 우리 애들은 아주 훤하지!"

"쌍둥이를 영화에 출연시키면 어떨까? 요즘에는 영

화에 쌍둥이가 많이 출연한다고 하던데. 다니엘, 어때? 영화배우가 되고 싶지 않니?"

다니엘은 알 수 없는 소리를 내며 고개를 끄덕였다. 하지만 다니엘은 항상 그런 행동을 해서, 다니엘이 내 말을 정말 알아들었는지 아닌지 알 방법은 없다.

우리는 워드 섬에 내려서 한동안 주위를 산책했다. 작은 집들을 둘러보면서 살고 싶은 집을 골라보기도 하면서. 그리고 센터 섬으로 이어지는 호수 옆 산책로를 따라 걸었다. 센터 섬에는 놀이공원이 있는데, 아직 계절이 이른 탓에 개장하지 않았다. 하지만 난 그게 더 좋았다. 개장했다 해도, 들어갈 돈이 없을 테니까.

센트레빌 놀이공원은 유령마을 같았다. 마치 몸만 그곳에 있고, 영혼은 다른 곳에 가 있는 듯했다.

"센트레빌은 쌍둥이를 닮았어."

"무슨 말이야?"

"우리는 저 넓은 장소 안에 무언가 거대한 게 있다는 건 알고 있지만 정작 그곳에 도달하는 방법을 모르잖아."

엄마는 내 말이 마음에 든다는 표시로 머리를 쓰다
듬었다.

"귀가 차갑구나. 모자를 만들어줬어야 했는데."

엄마는 쌍둥이 귀밑으로 모자를 내려주면서 말했다.

"이제 돌아가는 게 좋겠어."

"좀 더 놀고 가면 안 돼?"

우리는 '유령의 집' 밖의 벤치에서 샌드위치를 먹
고, 무서운 놀이기구 이름을 대며 놀았다.

"유령 미장원은 어때? 네가 거기서 나왔을 때는 끔
찍한 파마 머리가 돼 있을 거야."

엄마는 손으로 끔찍한 파마 머리를 만들어 보였다.

"아니면 유령 전철 터널은? 좋은 이름 같지 않니?
전철을 타고 귀신과 시체가 가득한 터널을 통과하는
거야."

"유령 복지사무실은 어때?"

나는 얼마 전에 우리 집에 찾아온 사회복지사를 떠
올렸다.

"거기엔 사회복지사가 가득 있는 거야. 아니, 그건

너무 무서울 거야. 그럼 유령 중딩 1학년 교실은 어때? 메론이 거기 있는 거야. 혼자서."

"네가 메론 선생님 뇌를 가지면 되겠구나."

"메론 뇌? 하하하!"

나는 메론 머리를 떠올리며 큰 소리로 웃었다. 엄마도 재미있는지 빙긋이 따라 웃었다.

우리가 센터 섬 부두에 도착했을 때는 배가 막 떠난 직후였다.

"워드 섬으로 돌아가서, 거기서 배를 타면 돼. 걸으면 춥지 않을 거야."

엄마 말대로 우리는 워드 섬으로 다시 발걸음을 돌렸다.

"쌍둥이는 운동도 많이 하고, 신선한 공기도 마셔서 오늘 밤에 푹 잘 거야. 그런데 우리가 낮에 쌍둥이와 함께하는 일은 전부 밤에 잘 자게 하려는 것뿐이라는 생각이 들어."

다시 농장을 걸으며 내가 중얼거렸다.

"이번엔 쉬지 않는 게 좋겠어. 하늘이 심상치 않아."

엄마가 하늘을 보며 말했다. 하지만 우리는 잠깐 멈출 수밖에 없었다.

"카이버, 너에게 할 말이 있어. 중요한 말이야."

엄마가 머뭇거리다 입을 열었다.

"뭔데?"

"쌍둥이는 우리가 돌보는 것보다 더 많은 보호가 필요해. 앞으로 학교도 다녀야 하고. 특수학교에 가야 하거든."

나는 엄마 말을 얼른 이해할 수 없었다. 당연히 쌍둥이가 학교에 다니는 건 중요한 일이다. 그렇지만 엄마가 나보고 쌍둥이를 아침에 데려다 주고, 오후에 데려오기를 바라지만 않는다면 무엇이 문제란 말인가?

"학교는 집에서 가까워? 쌍둥이가 걸어 다닐 수 있어?"

"아니. 집에서 가깝지 않아. 집 근처에는 자폐 아이들을 위한 학교는 없어."

"그러면 전차를 타야겠네. 쌍둥이는 러시아워 시간에 전차를 타려고 하지 않을 텐데. 어쩌면 학교에서 쌍둥이에게 그러면 안 되는 거라고 가르쳐줄지도 몰라."

"학교가 아니야. 그건… 너한테 뭐라고 말해야 할지 모르겠구나. 아무튼, 쌍둥이에겐 전문적으로 돌봐줄 사람들이 필요해."

"쌍둥이를 돌본다고?"

"난 이제 힘들어서 못하겠어. 엄마 혼자 힘으로는…."

"엄마는 혼자가 아니잖아. 내가 있잖아."

"넌 어른이 아니잖아. 그리고 네가 쌍둥이를 돌보면서 평생을 보내게 하고 싶지는 않아."

"무슨 말을 하는지 모르겠어."

"무슨 말이냐 하면…."

엄마는 깊이 심호흡을 하고 나서 설명을 이어갔다.

"다니엘과 데이비드를 돌봐줄 특수 그룹홈(group home, 4~5명이 사회복지사와 함께 한 가정을 이뤄 생활하는 곳)을 찾았어. 시골이야. 거기에는 학교도 있고, 주위에 동물들도 있어. 둘 다 받아준다고 했어. 난 둘을 갈라놓고 싶지 않아."

"그룹홈이라고? 그러면 우리랑 같이 안 산다는 말이야?"

"기숙학교라고 생각하면 돼."

나는 다니엘 손을 꽉 잡았다.

"안 돼. 쌍둥이를 보내고 싶지 않아."

"나도 그래. 그렇지만 우린 쌍둥이를 위해 무엇이 최선인지 생각해야 해. 쌍둥이에겐 열정을 지닌 경험이 많은 전문가가 필요해. 나는 두 가지 다 갖고 있지 않아."

"그래서 쌍둥이를 남에게 주겠다는 거야?"

"너무 극단적으로 생각하지 마. 주는 게 아니야… 넌 지금 일부러 엄마 화나는 말만 골라서 하는구나."

"쌍둥이를 줄 때 나도 줘버리면 되겠네. 솔직히 말해. 왜 쌍둥이를 남에게 주는 건데? 왜 팔아먹지 않아? 그럼 몽키스 레코드도 더 살 수 있을 거 아니야?"

엄마는 쌍둥이 손을 잡고 다시 걷기 시작했다.

"그렇게 해서 다시 스트립 댄서가 되려는 거지? 먼저 쌍둥이부터 그룹홈에 집어넣고, 그다음에 나도 그룹홈에 보내고, 그러고 나서 혼자 아파트를 다 차지하려고 그러는 거지? 그런 다음 우리를 팔아먹겠지? 아마 다른 집 아이들도 데려다가 다 팔아먹을 셈이지?"

나는 엄마를 따라가면서 심한 말을 퍼부어댔다.

워드 섬에 도착할 때까지도 흥분이 가라앉지 않았다. 엄마는 한마디도 하지 않았다. 아마 다른 집 엄마였다면 나는 수도 없이 두들겨 맞았을 것이다. 엄마는 절대로 나나 쌍둥이를 때리지 않는다. 엄마는 때리는 방법 자체를 모르는 것 같다.

비가 내렸다. 처음에는 가랑비가 내리더니 조금 지나자 마구 쏟아졌다. 비를 피할 만한 곳에 도착했을 때는 우리는 이미 생쥐 꼴이 되어버렸다.

"이것은 네가 결정할 문제가 아니야, 카이버. 엄마 문제야. 데이비드와 다니엘에겐 훈련받은 사람들이 필요하고, 아이들을 가르쳐줄 사람이 필요해."

비를 피하면서 엄마가 나지막이 속삭였다.

"카이버, 엄마는 지쳤어. 더는 할 수 없어. 쌍둥이에게 필요한 걸 더 해줄 수가 없어. 그리고 네가 원하는 것도 줄 수가 없어. 돈이란 돈은 모두 쌍둥이 치료비로 쓰지만 조금도 나아지지 않아."

엄마가 울먹거렸다. 하지만 곧바로 진정했다.

"미리 네게 말했어야 했는데… 그랬으면 이렇게 큰 충격을 받지 않았을 텐데… 카이버, 쌍둥이를 당분간 만 그룹홈에 보내자."

"그럴 수는 없어."

나는 소리치며 빗속으로 뛰어갔다.

쌍둥이 없이 살라고? 밤마다 아이들을 재우려고 씨름하는 것도 없이 살라고? 학교 갔다 와서 하루하루 쌍둥이와 산책하는 것도 없이 살라고? 엄마가 좋아하는 몽키스 음악에 맞추어 쌍둥이와 춤추는 것도 없이 살라고? 쌍둥이 없이 수프송을 부르라고?

배를 탔을 때 나는 흠뻑 젖어 있었다. 이빨이 저절로 딱딱 부딪쳤다. 나는 떨지 않으려고 애쓰지 않았다. 감기에 걸려, 엄마를 잔뜩 괴롭히고 싶었다.

우리는 배의 층에 자리를 잡았다. 나는 데이비드와 다니엘을 데리고 엄마와 떨어져 앉았다. 쌍둥이는 잔뜩 화가 나 있는 내 기분을 알고 있다는 듯, 서로 잡아당기며 놀았다. 그들은 키와 몸무게만큼 마음도 건강하게 잘 자라고 있었다.

집으로 돌아오는 길은 멀고도 추웠다. 집에 도착할 때쯤 우리는 모두 덜덜 떨고 있었고, 불쌍해 보였다. 엄마가 따뜻한 물로 쌍둥이를 씻기는 동안 나는 젖은 옷을 벗고 다른 옷으로 갈아입었다.

목욕을 마치고 나오자, 뜨거운 수프가 기다리고 있었다. 나는 수프송을 부르지 않았다. 엄마는 수프송을 들을 자격이 없다.

한밤의 대소동

감기가 톡톡히 걸려 월요일에 학교에 가지 않았다. 하지만 많은 시간을 쌍둥이와 밖에 나가 있었다. 어디에 갔었는지 엄마한테 말도 하지 않았다.

밖에는 가랑비가 내렸다. 비 오는 날엔 침대에서 책을 보고, 또 침대에서 수프를 먹는 것도 멋진 일이다. 집으로 돌아온 나는 침대에서 책도 읽고 역사 공부도 했다. 내일 시험이 있었기에.

나는 몸이 아파서 일찍 잔다는 핑계로 집안일은 손가락 하나 까딱하지 않았다. 낮에 자다 깨다 해서 그런지 밤에 잠들 때까지 꽤 오랜 시간을 뒤척였다. 그러다 나도 모르게 잠이 들었는데, 누가 내 얼굴을 두드리는 것 같았다. 그냥 꿈속에서 일어나는 일이라고 생각하고는 확 밀쳐냈다.

그 순간 쿵 소리와 동시에 비명이 들렸다. 나는 깜짝 놀라 잠에서 깨어났다. 다니엘이 침대 밑에 벌렁 자빠져 있는 것이 아닌가.

"엄마, 엄마! 다니엘이 다쳤어!"

내가 소리치는 사이에 엄마가 내 방으로 달려왔다. 다니엘의 머리에서 피가 흘렀고, 고통스러운 듯 비명을 질렀다.

"구급차를 부를게."

나는 뛰어가서 911을 눌렀다. 아무런 소리도 나지 않았다. 전화가 끊겼다는 걸 깜빡 잊었다. 전화요금으로 쌍둥이의 비타민을 사지 않았던가.

"카이버, 어서 옷 입어. 데이비드도 입히고."

"하지만…."

"서둘러."

엄마는 잠옷 위에 코트를 대충 걸치고 내 담요로 다니엘을 감쌌다.

나는 허둥지둥 재킷을 입고 신발을 신었다. 그런데 데이비드가 밖에 안 나가겠다고 떼를 썼다. 그는 바닥에 털썩 주저앉아 신발을 발로 차며 소리를 질러댔다. 나는 난감한 얼굴로 엄마를 쳐다보았다. 엄마는 날 도울 수 없었다. 다니엘을 추스르기도 바빴으니까.

"어서 가자."

엄마가 앞장섰다.

나는 데이비드를 끌어안고 뒤따라 나갔다. 데이비드가 신발을 벗어 던졌지만, 복도에 그냥 내버려뒀다. 신발을 챙길 상황이 아니었다.

데이비드는 가뜩이나 무거운데, 버둥거리니까 더욱더 무거웠다. 데이비드가 내 귀에 소리를 지르고, 때리고 발로 차는 바람에 하마터면 떨어뜨릴 뻔했다.

"데이비드와 집에 있으면 안 돼?"

"안 돼. 밤에 널 혼자 둘 수 없어, 너무 위험해. 자 서둘러!"

이웃들이 문을 열고 내다보았다. 한밤중에 소란을 피운다고 신경질적이었다.

"이봐요, 아이들 좀 조용히 시킬 수 없어요?"

어떤 사람이 말했다.

"자질이 없는 사람에겐 아이를 낳지 못하게 해야 해."

다른 사람이 말했다.

나는 데이비드를 데리고 가느라, 정신이 없어서 사람들에게 아무런 대꾸도 하지 못했다.

"엄마, 택시야!"

나는 우리 쪽으로 다가오는 택시의 불빛을 보면서 말했다.

"빨리 와, 카이버. 이번 신호등에 건너야 해."

"전차 타고 가려고?"

전차를 타면 '장애 어린이 전문 병원' 앞에 갈 수 있다. 하지만 엄마는 아무 말 없이 전차 정류장을 지나쳤다. 엄마는 쏜살같이 팔리아먼트 거리를 가로질러 가면서 내게 거의 불가능한 일을 요구했다.

"서둘러!"

"못 가겠어!"

데이비드는 계속해서 내 머리를 때리며 귀에다 소리를 질러댔다. 지난 일요일에 비에 젖은 재킷은 아직 마르지 않아 축축했고, 물기가 잠옷 속으로 스며들어 몸이 끈적끈적했다. 설상가상으로 너무 서두르는 바람에 짝짝이로 신고 온 신발이 상황을 더욱 악화시켰다.

"엄마!"

내가 소리를 질렀다.

"카이버, 입 다물어! 지금 네가 불평하지 않아도 걱정할 게 태산이야. 그리고 다음부터는 손 조심해."

엄마 말은 충격이었다.

"그건 내 잘못이 아니야!"

"내 잘못이 아닌 건 확실해!"

'내가 다니엘을 일부러 다치게 했다고? 엄마가 내게 어떻게 그럴 수 있지?'

엄마에 대한 실망과 분한 감정에 휩싸인 나는 병원까지 가는 내내 아무런 말도 하지 않았다.

리젠트파크에서 가장 가까운 병원은 북쪽으로 몇 정
거장 간 다음 서쪽으로 몇 정거장 더 가야 했다. 우리
가 요란스럽게 가는 바람에, 노숙자들은 잠에서 다 깨
어났다. 그들에게 우리는 볼만한 구경거리였다.

병원 대기실은 사람들로 혼잡했다. 우리가 쌍둥이를
데리고 갈 때마다 그 병원은 붐볐다. 우리는 주로 이
병원을 이용하는데, 한밤중에 걷기에는 너무 먼 거리
다.

"데이비드 신발은 어디 있니?"

진료실 앞에서 줄을 서며 엄마가 물었다. 쌍둥이는
둘 다 끊임없이 소리를 질러댔다. 적어도 우리는 간호
사에게 우리가 기다리고 있다는 사실을 알릴 필요는
없었다.

"복도에 떨어졌어."

"돌아갈 때까지 거기에 있을지 모르겠다."

"왜 나한테 화내는 거야? 데이비드가 발로 차서 벗
겨진 건데."

"데이비드를 대기실로 데리고 가서 조용히 시켜. 그

리고 바닥이 젖어서 차가우니까, 맨발로 여기저기 뛰어다니게 하지 말고. 난 데이비드가 아픈 걸 원치 않아. 어쩌면 네가 이미 데이비드에게 감기를 옮겼을지 모르지만."

나는 시키는 대로 데이비드를 대기실로 데리고 갔다. 하지만 조용히 시킬 수는 없었다. 데이비드와 다니엘이 지르는 소리는 마치 스테레오 스피커에서 나오는 소리처럼 병원으로 퍼져 나갔다. 대기실에 있는 사람들이 달갑지 않은 눈초리로 우리를 보았다.

의자 두 개가 나란히 비어 있어서, 하나에 내가 앉고 그 옆에 데이비드를 앉혔다. 하지만 그는 의자에 앉으려고 하지 않았다. 데이비드는 계속해서 바닥으로 미끄러져 내려가, 무릎으로 기어 다니며 머리를 흔들어 댔다. 엄마의 말대로 바닥은 젖어 있었다.

우리 가까이에 데이비드보다 더 고약한 냄새를 풍기는 노인이 앉아 있었는데, 노인도 역시 흠뻑 젖어 있었다. 노인 때문에 바닥이 젖었는지, 비 때문에 젖었는지 분간할 수조차 없었다.

나는 완전히 지쳤다. 화도 나고, 코도 막히고, 감기와 젖은 재킷 때문에 오한이 났다. 데이비드를 안고 걸었더니, 팔도 아프고 다리도 아팠다. 데이비드가 머리카락을 잡아당겨 머리도 아팠다. 그리고 그 비명 소리도 지긋지긋했다.

몸도 마음도 언짢아진 나는 데이비드를 거칠게 다루었다. 의자에서 미끄러져 내려가면 다시 의자로 끌어올리면서 조용히 하라고 화를 냈다.

내 조급함이 데이비드를 진정시킬 수는 없었다. 쌍둥이는 설령 말을 알아듣지 못한다 하더라도, 상대방의 기분이 어떤지는 알아차린다. 그러므로 데이비드를 조용히 시키려면 나부터 진정하고 다정해야 한다. 하지만 나는 진정하거나 다정할 수 없었다.

엄마가 다니엘을 데리고 대기실에 왔을 때도 상황은 나아지지 않았다. 엄마가 다니엘 머리에 수건을 대고 있었지만, 다니엘은 여전히 소리를 질렀다.

"내 담요에 피가 묻었잖아."

담요에 묻어 있는 피를 보며 내가 인상을 찌푸렸다.

"빨면 돼."

"빨아도 피는 안 지워져."

"다니엘도 어쩔 수 없었어."

"그렇지만 내 담요잖아. 왜 엄마 담요로 다니엘을 감싸지 않았어? 왜 내 담요를 쓴 거야?"

나는 바보처럼 행동하고 있다는 것을 알고 있었지만, 어쩔 수 없었다.

상황이 달랐다면 이런 상황은 한밤중에 일어난 모험담으로 치부할 수도 있었을 것이다. 병원 대기실에는 이상한 모습을 한 사람들이 많았다. 나는 그들의 부상이 흥미진진한 전투에서 얻은 것이고, 그들의 질병은 잃어버린 보물을 찾는 동안 생긴 희귀한 열대성 질환 정도로 상상할 수 있었다. 하지만 이런 것을 상상하려면 우선 제대로 분위기가 잡혀 있어야만 한다.

얄미운 티파니

병원에서 나오자, 날이 밝아왔다.

"택시 타면 안 돼?"

다시 걸어가자니 까마득했다.

"택시가 아니라 전차 타고 갈 돈도 없어. 그러니까 성가시게 굴지 마."

우리는 어쩔 수 없이 집까지 걸었다. 데이비드는 걸을 수 있었는데, 맨발이라 할 수 없이 안아야 했다.

다니엘은 상처를 바늘로 꿰매느라고 머리카락 일부를 밀고 붕대를 감았다. 의사가 머리를 꿰매는 동안 엄마가 다니엘을 잡아주었다. 의사가 상처를 꿰맬 때 다니엘은 비명을 지르며 의사를 괴롭혔다고 했다.

쌍둥이는 머리 감는 것도, 머리카락을 자르는 것도 몹시 싫어한다. 특히 다니엘은 머리 만지는 것에 질색하는데, 머리를 꿰맸으니, 오죽했겠는가.

다니엘은 엄마 품에서 잠이 들었다. 데이비드는 걷고 싶어서 집으로 오는 내내 몸부림치며 나를 괴롭혔다. 엄마에게 다니엘과 바꾸자고 말하고 싶었지만, 여전히 내게 화가 나 있는 것 같아서, 아무 말도 하지 못했다.

데이비드의 신발은 복도에 그대로 있었다. 신발을 발로 차서 집 안으로 들여보내고, 데이비드를 내려놓는 순간, 나는 날아갈 것만 같았다. 데이비드도 내게서 벗어나니, 좋았을 것이다.

나는 거의 기어서 침대로 올라갔다. 엄마는 쌍둥이를 방에 눕히고 와서 내 재킷을 벗겨주었다. 너무 피곤해서 혼자 힘으로 옷을 벗을 수 없었다. 엄마는 내게 마른 잠옷을 입혀주고, 엄마 담요를 덮어주었다.

"일부러 그런 게 아니야."

내가 힘없이 말했다.

"나도 알아. 이젠 너도 쌍둥이가 우리에게 너무 벅차다는 말뜻을 알았을 거야."

나는 등을 돌려 엄마를 외면했다. 엄마는 내게 잘 자라며 키스했다.

다시 눈을 떴을 땐 이미 학교 갈 시간이 지나 있었다. 엄마는 오늘도 학교에 가지 말고 집에서 쉬라고 했지만, 역사 시험이 있는 날이라, 잠이 덜 깬 채로 휘청거리며 집을 나섰다.

나는 흐리멍덩한 눈으로 교실 맨 앞에 서서, 지각한 벌로 '오 캐나다'를 불러야 했다.

"오늘 수업 끝나고 남아."

마지막 구절이 끝나자마자, 메론이 말했다.

첫 시간이 시험이다. 모든 시험은 첫 시간에 본다. 메론의 유일한 장점이 바로 그것이다. 메론은 아침 일찍 우리 머릿속에 있는 오만가지 잡다한 것을 다 빼내

간다. 뇌는 아침에 제일 신선하다는 게 메론의 지론이
니까.

역사 시험은 철도 건설에 관한 거였다. 역사는 늘 흥
미진진하다. 역사는 늘 탐험과 모험으로 가득해, 내가
좋아하는 과목이다.

시험지를 받아들고 죽 훑어보니, 답을 알 것 같았다.
우선 이름부터 쓰려고, 시험지 맨 위에 이름을 쓰는 사
이에 그만 깜빡 잠이 들고 말았다.

"애들아, 여기 좀 봐라. 벌써 시험을 다 봤네."

메론이 아이들한테 내 시험지를 흔들어 보였다. 아
이들이 웃었다. 나만 빼고 모두.

'아, 벌써 시험이 끝나다니.'

시험이 끝나고 생긴 일은 상황을 더 나쁘게 만들었
다. 문제는 쉬는 시간이 5분밖에 남지 않았을 때 발생
했다.

내가 교실에서 나오자마자, 이미 운동장에 진을 치
고 있던 티파니 일당이 내게 욕설을 퍼부었다.

"야, 절벽! 이제야 본색을 드러내는군."

그들은 밋밋한 내 가슴을 절벽이라고 놀렸고, 나는 속이 상했다.

　"쟤는 연극을 망쳐놓고도 무사하리라 생각했나 봐."

　"정말로 그렇게 생각하지 않겠지, 응?"

　"카이버가 뭐야? 그것도 이름이니? 우리 앞으로 쟤 이름을 크리퍼(creeper)라고 부르자. 야, 크리퍼! 새 이름이 마음에 드니?"

　"너 마약 했지? 그러니까 시험보다가 잠이 들지."

　나는 아무런 대꾸도 하지 않고 아이들을 피했지만, 아이들이 따라다니며 놀려댔다. 내가 운동장 끝에 이를 때까지 계속해서 나를 쫓아왔다.

　언젠가 엄마가 한 말을 떠올렸다.

　'옛날에 춤을 출 때 사람들이 내 신경을 건드리면 나는 그들을 소라고 생각했어.'

　순간 나도 미련한 소들이 쫓아오고 있다고 상상했다. 그렇게 생각하니까, 아이들의 목소리가 마치 소 울음소리처럼 들렸다. 나는 소떼를 헛간으로 몰아가고 있다고 상상했다.

'소들을 헛간에 집어넣고 문을 잠가버릴 거야. 그리고 기분이 내킬 때까지 풀어주지 않을 거야.'

그런 생각을 하다 보니, 어느새 학교 울타리에 이르렀다. 배가 울타리에 닿았고, 철조망 사이로 손가락이 끼었다. 화가 난 패거리들이 나를 에워싸며 압박해왔다. 아이들이 나를 쿡쿡 찔러대기 시작했다.

'곧 종이 울릴 거야. 그렇지?'

나는 종이 울리기를 간절히 바랐다. 어찌나 애절했는지 하마터면 입 밖으로 크게 말할 뻔했다. 엄마를 생각하면 한판 붙을 수는 없었다.

'조금만 더 성질을 죽이면 곧 종이 울릴 거야. 그러면 나를 그냥 내버려두고 가겠지.'

그때 티파니가 목소리를 높였다.

"저기 봐! 크리퍼 동생들이 온다!"

'엄마가 오고 있다고? 아, 엄마가 나를 구해주겠구나.'

나는 간절한 눈으로 티파니가 가리키는 방향을 바라보았다. 티파니는 작은 강아지 두 마리와 함께 걷는 여자를 가리켰다. 일당이 배를 잡고 킥킥 웃으며 개 짖는 소리를 냈다. 나는 고개를 돌려 티파니를 노려보았다. 티파니는 비열한 미소를 띠고 있었다.

순간 나는 티파니와 함께 운동장에 뒹굴었다. 내가 먼저 티파니 위에 올라탔다. 티파니는 나보다 컸지만, 나는 화가 머리끝까지 났다. 우습게도 이런 상황에서 티파니가 한 행동은 고작 흩어진 머리를 추스르는 일이었다.

"감히 내 동생들을 모욕해!"

나는 고래고래 소리를 지르며 티파니 얼굴을 한 대 갈겼다. 이것은 고작 티파니 한 아이랑만 싸우는 것이 아니다. 연극을 보러 온 사람들, 엄마를 힘들게 하는 사회복지사, 길에서 동생들을 떫은 표정으로 바라보는 사람들과 싸우고 있었다. 싸워야 할 이유가 내겐 정말로 많았다. 운동장에 있는 아이들이 몰려들어 원을 만들면서 환호했다.

"이겨라! 이겨라! 이겨라!"

티파니도 나를 한 대 갈기며 내 머리카락을 휘어잡

앉고, 날카로운 손톱으로 내 얼굴을 할퀴었다. 순식간에 전세가 바뀌었다. 티파니가 내 위에 올라타서 가슴을 후려쳤다. 나는 얼른 몸을 뒤집어 다시 티파니 위에 올라탔다. 그때 메론이 아이들 사이를 헤집고 들어와 나를 잡아당겼다.

나는 씩씩거리면서 메론의 배를 주먹으로 갈겼다. 날 방해했기 때문이다. 하지만 곧 후회했다. 물론 메론을 좋아하진 않지만, 그렇다고 때릴 이유는 없었다. 그것이 오늘 싸움에서 내가 잘못했다고 느끼는 유일한 부분이다.

어느새 학교 선생님 여럿이 나타나더니, 나를 학교 건물 안으로 잡아끌었다. 도중에 곁눈질로 슬쩍 보니까, 티파니는 친절한 도움을 받으며 일어나서 교감 선생님에게 기대어 울고 있었다. 티파니의 머리카락은 엉망진창이었다.

선생님들은 나를 작은 방에 밀어 넣고 문을 잠갔다. 나는 문을 발로 차며 소리를 지르고 의자를 집어던졌다. 하지만 곧 지치고 말았다. 티파니가 손톱으로 할퀸

곳에서 피가 났고 가슴이 아팠지만, 보건 선생님은 오지 않았다.

잠시 후, 문이 열렸고 나는 교장실로 끌려갔다. 그곳에 엄마가 와 있었다.

"어떻게 된 거죠? 얼굴이 이 모양인데도 치료를 해 주지 않았단 말인가요?"

나를 보자마자, 엄마 얼굴이 굳어졌다.

"보건 선생님은 티파니를 치료하느라 정신이 없어요."

교감이 대답했다.

"그러면 나머지 선생님은 뭘 한 거죠? 선생님들은 연고도 바를 줄 모르나요? 구급약 좀 갖다 줘요."

아무도 움직이지 않았다. 엄마가 탁자를 내리쳤다.

"지금 당장 구급상자를 갖다 달라고요."

엄마는 교감의 얼굴을 똑바로 바라보며 말했다. 거기다 엄마 목소리는 아주 침착했다. 나는 그 목소리의 의미를 알고 있다. 그것은 티파니와의 싸움을 내 잘못으로 생각하지 않는다는 뜻이다.

"어서, 구급약을 갖다 드려."

교감이 직원에게 말했다. 교감은 마치 처음부터 구급상자를 갖다 주려고 했다는 듯이 행동했다. 웃기는 일이다.

직원이 구급약을 가져왔다. 엄마는 고맙다는 말도 하지 않고 나를 잡고 교장실을 나왔다.

"잠깐만요. 어머님께서는 지금 심각성을 잘 모르시는 것 같은데⋯."

메론이 뒤따라 나왔다.

"우선 치료부터 하고, 설교는 나중에 듣죠."

엄마는 귀찮다는 듯이 말하고서 나를 화장실로 데리고 갔다.

거울에 비친 내 모습은 참으로 가관이었다. 티파니가 얼굴에 깊은 상처를 내놓아 얼굴은 온통 말라비틀어진 핏자국으로 얼룩져 있었다. 정말로 멋진 피투성이다.

엄마는 수건을 적셔 얼굴을 닦아주었다.

"도대체 싸우면 안 된다고 몇 번이나 말했니?"

엄마는 상처에 연고도 발라주고 머리도 정리해줬다.

"다른 데 아픈 곳은 없어?"

내가 가슴이 아프다고 하자, 엄마는 내 몸을 샅샅이 훑어보았다. 다행히 얼굴 외엔 다친 데는 없었다.

"왜 싸웠니? 교장실로 돌아가기 전에 빨리 말해. 왜 싸운 거야?"

나는 진실을 말하고 싶었지만 그럴 수가 없었다. 쌍둥이 때문에 싸운 것을 알면 쌍둥이를 더 빨리 그룹홈으로 보낼지도 몰랐다. 나는 화장실 바닥에 버린 핑크색 껌을 내려다보며 모기만 한 소리로 말했다.

"티파니가 날 괴롭혀서."

"그 애가 널 괴롭혔다고?"

나는 엄마에게 거짓말하고 싶지 않았다. 난 거짓말은 하지 않는다. 할 수 없이 거짓말을 해야 할 때는 최대한 진실에 가깝게 말한다. 티파니는 분명히 나를 괴롭혔다. 그러니 일부는 맞는 말이다.

엄마는 선생님 편에만 서지는 않는다. 엄마는 우리끼리 있을 때는 내게 고함을 치지만, 딴 사람 앞에서는 그러지 않는다. 어떤 부모들은 선생님 앞에서 아이들을 혼내며, 선생님에게 아첨하곤 한다. 그들은 그렇게 행동하면 교사가 자신들을 훌륭한 부모로 여길 것이라고 믿고 있다. 하지만 엄마는 교사가 어떻게 생각하든지 신경 쓰지 않는다.

우리가 교장실로 돌아가자, 모든 사람이 엄숙하고 완고한 표정을 지으며 앉아 있었다. 티파니 엄마도 보였다. 티파니는 아직도 보건실에서 일부러 아픈 척 꾀병을 부리는 게 분명했다.

나는 구석에 앉아서 훈교를 들어야 했다. 그들은 내 태도나 성격에 대해 불평을 늘어놓았다. 마지막으로 메론이 하나를 더 추가했다.

"게다가 오늘 아침에 지각도 하고, 시험 시간에 잠도 잤어요."

"우리 아이가 시험 시간에 잔 건 병원에서 밤을 새워서 그랬을 겁니다. 동생들 때문에요."

엄마가 이유를 설명하자, 그들은 아무 말 없이 바닥만 내려다보며 못마땅해했다.

잠시 후 교감이 침묵을 깼다.

"오늘 지각한 것과 시험 시간에 잔 것은 변명할 수 있지만, 싸운 일에 대해선 변명의 여지가 없습니다."

나는 그때부터 귀를 닫았다. 엄마는 그들에게 내가 똑똑한 아이라는 것과 꾸짖지만 말고 희망을 심어주는 것이 그들의 임무라는 것을 상기시켰다.

그들이 내린 결론은 일주일간 학교에 나오지 않고 집에서 근신하는 거였다. 교감은 일주일 후에 다시 학교에 나와 자격시험을 보라고 했다. 게다가 티파니에게 사과해야 한다고 했다. 우리는 교실로 가서 일주일 동안 할 숙제를 받아왔다.

집으로 오는 길에 엄마는 한마디도 하지 않았다. 엄마는 마음이 상한 것 같았다. 특히 내가 싸운 진짜 이유를 모르기 때문에 더욱 그런 것 같았다.

하지만 나는 속상하지 않았다. 누구든지 내 동생들을 모욕하면 가만두지 않을 거니까.

"최소한 부끄러운 척이라도 했어야지."

집에 들어서며 엄마가 중얼거렸다.

나는 대꾸하지 않았다.

엄마는 놀이방에 쌍둥이를 데리러 가야 했다. 가기 전에 내가 할 집안일을 적어주었다.

"오늘 오후부터 일을 더 많이 해. 아마 숨 쉴 시간도 없을 거야."

엄마가 가까이서 내 눈을 보며 말했다.

"앞으로 절대 싸우면 안 돼. 알아들었니?"

나는 고개를 끄덕였다. 엄마가 내게 하지 말라고 하는 건 거의 없지만, 엄마가 하지 말라고 할 때는 내 의견 따윈 필요 없다. 엄마 말이 법이다. 그래서 나는 엄마가 하지 말라는 일은 하지 않는다.

엄마가 나간 후 나는 내가 할 집안일 목록을 살펴보았다. 그리고 그 목록대로 일하기 시작했다.

냉혹한 현실

엄마는 평소대로 아주 엄격했다. 나는 청소하지 않으면 심부름을 하거나, 집에서 할 일이 없으면 주바의 집에 가서 청소하고, 틈틈이 숙제도 했다.

엄마는 숙제를 풍선처럼 부풀려 놓았다. 메론이 내준 숙제보다 세 배나 많아졌다. 엄마는 추가로 내가 가장 싫어하는 산수 숙제도 내주었다. 또 역사책을 예습하게 했고, 문법 공부도 시켰다. 나처럼 공부하는 것을 싫어하는 사람에게는 냉혹한 일주일이었다.

"불평할 생각조차 하지 마."

엄마는 내가 할 집안일 목록과 숙제를 주면서 이렇게 경고했다.

물론 불평할 생각은 전혀 없다. 나는 처벌에 대해 불평하면 더 많은 처벌을 받게 된다는 것을 뼈저린 경험으로 알고 있다. 게다가 엄마는 잘못했을 때 자신에게 내려진 처벌을 얼마나 달게 받느냐로 그 사람의 성격을 알 수 있다고 했다. 아무리 엄마에게 화가 났더라도 난 여전히 엄마가 나를 성격 좋은 아이로 생각하길 원한다.

"네가 잘못해서 처벌받는 건 창피할 게 없지만, 처벌받는다고 투덜거리는 건 부끄러운 일이야."

엄마는 항상 이렇게 말했다.

나는 지금도 티파니를 때려눕힌 건 잘한 일이라고 생각한다. 물론 싸움은 나쁘지만, 티파니를 때려눕혔다는 건 어쨌든 기분 좋은 일이다.

나는 집안일이나 숙제하지 않을 때는 쌍둥이를 데리고 밖에 나간다. 한 번에 한 명씩, 오전과 오후로 나누어서.

일주일은 느릿느릿 지나갔다.

"라디오도 안 되고, 다른 책도 안 돼. 교과서만 돼."

엄마는 참 완고했다.

"몽키스 레코드는 어때?"

엄마에겐 농담도 통하지 않았다. 엄마의 뜻은 확고
해, 심지어 지도책조차 볼 수 없었다.

그렇게 금요일 밤이 찾아왔다. 악몽 같은 일주일이
막을 내린 것이다.

엄마는 주바와 부엌에서 차를 마시고 있었다. 그들
은 오랫동안 알고 지냈으므로, 분명히 바다만큼 차를
많이 마셨으리라.

가끔 두 사람은 주바 집에서 만나기도 하지만, 쌍둥
이 때문에 주바가 우리 집으로 오는 날이 대부분이다.
게다가 주바는 자신의 작은 아파트를 싫어한다. 사방
으로 가로막힌 벽을 보지 않으려면 가능한 한 자주 밖
에 나와야 한다고 했다.

주바는 예전에 내 보모 노릇을 자청했지만, 나를 제
대로 돌보지는 못했다. 그래도 주바의 무릎은 부드러

웠고 엄마의 무릎만큼 좋았다. 엄마와 싸우면 나는 울면서 주바에게 달려갔다. 그러면 주바는 나를 무릎에 앉혀서 살살 흔들며 달래었다. 그런 다음, 눈물을 닦아 주며 이렇게 말했다.

"네가 이 세상에 불을 밝힐 때가 됐어."

물론 말도 안 되는 소리지만, 그때는 그렇게 말했다. 그러면 나는 엄마를 더는 미워하지 않았다.

내가 친하게 지내는 사람들은 언제나 한결같았다. 주바는 항상 친절하고, 발레리는 항상 거칠고, 엑스는 항상 두려움에 떤다.

나는 테이블에 숙제 노트를 내려놓았다.

"다 했어. 영어 단어도 다 썼고, 수학 문제도 다 풀었어."

엄마는 숙제 노트를 엄지손가락으로 넘겨보았다.

"아주 잘했구나. 시는 다 외웠니?"

엄마는 영어 숙제로 몇 년 전 굿월에서 산 시집의 시를 외우게 했다. 암기하기는 쉽다. 되풀이해서 자꾸 말하면 이름처럼 그냥 입에서 나온다.

티파니
나쁜 기집애

나는 몇 년 동안 시를 많이 배웠다. 내가 엄마를 괴롭힐 때마다 엄마는 새로운 시를 찾아내 암기 시켰다. 내가 제일 좋아하는 작가는 《이상한 나라의 앨리스》를 쓴 루이스 캐럴이다.

나는 할 말이 많아서 말을 많이 한다. 말이 별로 없는 사람들도 할 말은 많을 것이다. 다만 그들은 말하는 방법을 모를 뿐이겠지.

내가 가장 싫어하는 건 말만 많고 내용이 없는 사람들이다. 그들은 할 말이 많아서 계속해서 말하고 또 말하지만, 그들의 말은 정말로 아무것도 들을 게 없다.

엄마가 외우라고 한 시는 매슈 아널드의 「버리드 라이프The buried Life」다. 그것은 지난 일주일의 내 삶과 똑같다. 「버리드 라이프」처럼 나도 지난 일주일을 잃어버렸다.

「버리드 라이프」은 꽤 긴 시다. 그 중 내가 가장 좋아하는 구절은 다음과 같다.

그러나 혼란한 세상 속에서도

투쟁의 음습함 가운데서도

묻혀버린 삶의 신비를 알고자 하는 욕망이

우리 내면에서 끝없이 솟구치고 있으니

그것은 가슴 속 열망과 힘을 모아

참되고 바른 삶의 길을 찾아내려는

우리의 욕망

이런 생각을 시로 쓰다니, 참 대단하다. 이런 일은 내게도 일어날 수 있다. 나는 사람들이 가끔 자신을 묻어버린다고 생각한다. 내가 정확하게 시를 암송하자 엄마가 이렇게 말했다.

"한 번 더 해 봐, 감정을 넣어서."

비로소 나는 벌이 끝났다는 것을 알았다. 엄마의 이 말은 오래전부터 우리끼리만 통하는 신호다.

"지도책 다시 봐도 돼?"

"음, 숙제가 다 맞았는지 확인할 때까지 좀 기다려."

나는 한숨을 내쉬었다. 주바와 엄마가 내 표정을 보며 빙긋이 웃었다. 그러더니 엄마는 일어나서 내 지도책을 가지로 엄마 방으로 들어갔다.

우리 집에서 엄마 방은 좀 색다르다. 엄마 방은 참 여성스럽다. 유일하게 여성적인 곳이라 할 수 있다. 핑크색과 노란색으로 꾸몄고, 몇 년간에 걸쳐 바자회나 굿윌에서 산 소소한 물건들로 장식되어 있다. 난 그런 방을 갖고 싶진 않지만, 어쨌든 정말 예쁜 방이다.

엄마 옷장에는 스트립 댄서였을 때 입던 의상이 몇

벌 있다. 엄마의 옛 의상은 정말 멋지다. 깃털로 만든
옷도 있고, 망토도 있고, 반짝이 옷도 있다. 엄마가 그
런 옷을 입었다는 건 상상하기 어렵다. 요즘에는 청바
지에 스웨터만 입으니까.

나는 허락 없이는 엄마 방에 들어가지 않는다. 잠자
다가 엄마가 그리울 때만 제외하고는. 엄마 역시 내 골
방에 마음대로 들어오지 않는다. 서로 허락하지 않는
한 나는 엄마 물건을 멋대로 만지지 않고, 엄마도 내
물건을 마음대로 만지지 않는다.

나는 엄마가 건네준 지도책을 가지고 침대로 올라갔
다. 내게는 지도책이 세 권 있다. 하나는 캐나다 지도
책이고, 또 하나는 두꺼운 세계 지도책이다. 마지막 하
나는 어린이 지도책인데, 여러 나라 사진이 실려 있다.
내가 가진 지도책은 다 오래된 것이지만, 나에겐 무엇
보다 소중하다.

잠들기 전까지 이집트를 횡단하기로 했다. 지중해에
서 나세르 호수까지 나일 강을 따라가는 여행이다.

막 여행을 떠나려는데 엄마가 들어왔다.

"네가 자랑스럽다, 카이버. 길고 힘든 일주일이었을 텐데, 정말로 잘 견디었어."

"우리 내일 뭐 할 거야? 리버데일 농장에 가도 돼?"

리버데일 농장은 돼지와 말과 닭이 있는 진짜 농장이다. 집에서 멀지도 않다. 엄마는 나 혼자 가라고 하겠지만, 가족이 다 같이 가면 더 재미있을 것이다.

"사실은 내일 할 일이 있어. 쌍둥이가 지낼 그룹홈에 가보기로 했어."

나는 팔꿈치를 세우며 몸을 일으켰다.

"뭐?"

"사회복지사가 내일 아침에 와서 우리를 태우고 가기로 했어. 거기서 하룻밤 자면서 쌍둥이가 익숙해지도록 도와야 해. 너를 주바에게 맡기고 갈 거야. 같이 가면 좋겠지만…."

"아직도 그 일을 추진하고 있어? 싫다고 했잖아!"

나는 몸을 똑바로 세웠다. 머리가 천장에 닿았다.

"목소리 낮춰. 쌍둥이를 깨우면 밤새 놀아줘야 해."

"정말로 쌍둥이를 남에게 줄 거야?"

엄마는 대답 대신 불을 껐다.

"굿나잇. 내일 함께 가고 싶지 않으면 집안일을 끝내고 주바 집에 가 있으면 돼. 일요일 저녁까지는 돌아올 거니까."

"주바 집에 안 갈 거야!"

"그럼 그렇게 해. 가끔 넌 목의 가시처럼 날 고통스럽게 하는구나. 그래도 넌 착한 아이야. 또 다른 걱정거리는 만들지 않으리라 생각해. 자, 그만 자라."

엄마가 내게 키스하려고 했지만 난 엄마를 외면했다. 엄마는 힘없이 방을 나섰다.

나는 세계 지도책을 들고 러시아 횡단 계획을 세웠다. 거칠고 힘들고 위험한 여행이지만, 엄마를 혼자 보내기로 했다. 일방적으로.

일단 엄마를 급하게 시베리아로 보내고 나서 불을 껐다. 그리고 만족한 마음으로 침대에 누웠다.

잠시 후 나는 다시 일어나 침대에서 내려왔다. 그리고 부엌에 가서 엄마에게 굿나잇 키스를 했다. 엄마도 나를 꼭 끌어안으며 키스했다.

엄마에게 굿나잇 키스도 받지 않고 자는 건 옳지 않다. 내일 또다시 태양이 떠오를지 확신할 수도 없는데.

　엄마에게 키스했으니, 시베리아에 혼자 놔둘 수는 없었다. 방으로 오자마자, 시베리아로 달려가 엄마를 데리고 와서 다음날 눈뜰 때까지 함께 있었다.

트로이 목마

대머리들과의 한판

토요일에 나는 '트로이 목마'에서 일을 끝내고, 주바 집으로 가서 엄마 욕을 잔뜩 하고 싶었지만, 주바는 그럴 시간을 주지 않았다.

주바는 내 기분을 풀어주려고, 다리가 아픈데도 나와 리버데일 농장에 가서 시간을 보내주었다.

농장에서 돌아와서는 몇 시간 동안 카드게임도 하고, 주바가 특별히 아끼는 중국 찻잔으로 차도 마셨다. 또 주바는 엄마보다 훨씬 늦게까지 텔레비전을 보게 해줬다. 주바가 거실 긴 소파에 잠자리를 마련해줘서 나는 '부잣집 딸처럼' 소파에 누워 텔레비전을 볼 수 있었다.

아무리 떨치려 해도 엄마와 쌍둥이 생각이 계속났다. 쌍둥이가 살게 될 그룹홈은 어떤 곳일까를 상상하면서 힘든 시간을 보냈다.

엄마는 기숙학교와 비슷하다고 했지만, 내가 아는 기숙학교는 영국 소설에 나오는 것뿐이다. 유니폼을 입은 쌍둥이는 귀여워 보이겠지만, 쌍둥이가 그런 곳에 있다는 건 상상할 수 없다.

나는 쌍둥이가 혹시 『올리버 트위스트』에서처럼 소년원으로 가는 건 아닐까 하는 걱정도 했지만, 엄마가 쌍둥이를 그런 곳에 집어넣을 리는 만무했다.

일요일 밤 8시쯤에 주바와 함께 집으로 돌아왔더니, 엄마와 쌍둥이는 이미 집에 와 있었다. 기분 나쁜 사회복지사는 우리가 도착하자, 긴 어금니를 드러내며 자리에서 일어섰다.

"안녕, 카이버! 잘 있었니?"

사회복지사는 엄마에게 코치를 받은 게 분명하다.

나는 아무 말 없이 그녀를 지나쳤다.

"카이버."

엄마가 나를 불렀다.

"네, 고맙습니다."

나는 잘 지내지 않았기에, 건성으로 중얼거렸다. 그리고 사회복지사가 상관할 일도 아니다.

"또 봐요."

그녀는 떠나면서 엄마에게 인사를 건넸다.

나는 쌍둥이를 거실로 데리고 가서 함께 단추 놀이를 했다.

"어땠어?"

엄마가 주바에게 물었다. '내 딸이 제대로 행동했느냐?' 라는 뜻이다.

나는 주바의 대답을 들을 필요도 없었다. 주바는 절대 이중 처벌은 하지 않는다. 내가 만약 얼간이처럼 행동한다면 주바는 그 즉시 내게 말해서 처리하지, 엄마에게 고자질하지는 않는다.

저녁 내내 엄마는 쌍둥이와 보낸 주말에 대해 한마

디도 하지 않았다. 나도 묻지 않았다.

다음날 나는 다시 학교에 갔다. 나는 걸음걸이를 조절해서 종이 울리기 직전에 학교에 도착했다. 학교 운동장에서 아이들과 부딪히지 않으려고 생각해낸 방법이다.

교실에 들어서자, 메론이 반갑다는 듯 미소를 지었다. 메론은 국가를 부르는 동안 날 앞에 세워 놓았다.

노래가 끝나자, 모두 자리에 앉았다. 아이들은 대부분 킥킥거리거나 히죽히죽 웃어댔다. 몇몇 아이들은 날 안타까운 듯이 쳐다보았는데, 그들은 티파니와 잘 지내지 못하는 아이들이다.

티파니는 내가 사과할 거라는 이야기를 듣고 사방에 퍼트리고 다녔을 것이다.

"티파니, 이리 좀 나와라. 카이버가 할 말이 있단다."

티파니가 코를 치켜세우며 일어섰다. 너무 높이 치켜세워서 하마터면 천장의 페인트가 벗겨질 뻔했다.

"분명하고 품위 있게 사과해. 품성을 기르는 연습이

라고 생각해."

엄마 말은 틀렸다. 내 품성은 이미 다 길러졌으니까.

나는 티파니 앞에서 허리를 똑바로 폈다. 하지만 결국에는 엄마와 연습한 것과 똑같이 사과했다. 아이들은 내가 티파니를 다시 한 방 먹이지 않아서 실망한 것 같았다.

메론은 이어서 훌륭한 시민의 중요성을 주제로 설명했다. 나처럼 행동하면 안 된다고 하면서 말이다. 아무리 아이들이 메론 말을 곧이듣지 않았다 하더라도, 난 기분이 처참했다.

어느 수요일 오후였다. 학교를 마치고 집에 와보니, 엄마와 쌍둥이가 없었다. 아침에 엄마가 병원에 간다고 했던 말이 생각났다. 엄마와 쌍둥이가 집에 없으니, 심술이 났다.

"수업 끝나고 곧바로 집에 와 있어."

엄마는 집을 비워 놓고 밖에 나가는 것을 그리 달가워하지 않는다.

텅 빈 아파트에 혼자 있으려니, 외로웠다. 밖에는 비

가 오락가락했다. 햇빛이 들어오지 않아 집 안이 어두웠다. 엄마의 몽키스 레코드를 틀었다.

엄마가 저녁에 쓸 감자를 까놓으라고 했지만 심술이 나서 하지 않았다. 숙제를 꺼냈다가 다시 집어넣었다. 집안 여기저기 기웃거리다 쌍둥이 방에 들어갔다. 쌍둥이 옷과 장난감이 상자 몇 개에 담겨 있었다.

나는 생각할 것도 없이 행동을 개시했다. 곧장 상자에서 옷을 꺼내 걸어 놓고, 장난감을 도로 선반에 올려놓고, 스웨터와 티셔츠를 개어 서랍에 넣었다. 그런 다음 빈 상자를 모아 발코니로 가져갔다.

발코니에서 내려다보니, 엑스가 공원에 있는 모습이 보였다. 나를 기다리는 것 같았다. 일주일 내내 보이지 않던 엑스를 다시 보게 되어 기뻤다.

엑스에게 줄 샌드위치를 절반쯤 만들다가 문득 밖에 나가면 안 된다는 엄마 말이 떠올랐다.

'엄마가 돌아오기 전에 올 수 있을까? 그래, 올 수 있을 거야. 돌아오지 못한다 해도 엄마는 내가 엑스에게 샌드위치를 가져다주러 간 걸 이해할 거야. 적어도

엄마가 화내지 않을 거야.'

샌드위치를 만들어 공원으로 내려왔는데, 엑스가 보이지 않았다. 밖은 훨씬 더 어두웠다. 쌍둥이 물건을 치우는 일에 생각보다 시간을 많이 보낸 것 같았다. 한 정거장 정도 떨어진 곳에서 엑스가 앨런 공원 쪽으로 걸어가는 게 보였다. 서둘러 엑스를 쫓아갔다.

엑스의 진짜 이름을 알았다면 그 이름을 부르며 소리쳤을 테고, 그러면 엑스가 멈추었을 것이다. 그랬다면 엑스에게 샌드위치도 줄 수 있었을 테고, 엄마가 내가 없어진 걸 알기 전에 서둘러 집으로 돌아갈 수 있었을 텐데. 그러면 곧 다가올 곤경을 모면할 수도 있었을 것이다.

하지만 난 엑스의 진짜 이름을 몰랐다. 설령 안다 하더라도 소리쳐 부를 수가 없었다. 비밀경찰이 부르는 것으로 엑스가 착각할 수도 있기 때문이다.

고민 끝에 나는 일단 엑스를 쫓아가 샌드위치를 주기로 했다. 그 순간 문제를 피할 방법은 사라졌다.

내가 빈 상자들을 발코니에 내놓지 않았더라면 엑스

를 보지도 않았을 것이고, 그러면 분명히 엄마가 돌아올 때 집에 있었을 것이다. 또 엄마가 쌍둥이 물건을 싸놓지만 않았어도 내가 그 물건들을 풀 일도 없었을 것이고, 빈 상자를 발코니에 가져가지도 않았을 것이다. 그러니까 일이 이렇게 엉망이 된 것은 어떤 면에서 엄마 책임도 있다.

'책임을 떠넘기는 게 뭐 어떤가?'

결국, 나는 엑스를 앨런 공원에서 만났다. 엑스는 공원 벤치에 앉아 있었다. 나는 벤치 끝에 앉아 샌드위치를 건네주었다.

"오래 있을 수 없어. 사실은 지금 당장 집으로 돌아가야 해. 엄마가 걱정해."

샌드위치가 엑스의 손에 닿지 않았다. 나는 샌드위치를 좀 더 엑스 쪽으로 밀었다.

"나는 갈 테니까, 샌드위치 먹어."

내가 일어서며 말했다. 엑스는 여전히 움직이지 않았다. 나는 걷다가 뒤돌아서서 엑스를 바라보았다. 엑스는 등을 구부정하게 하고 있었고, 몹시 슬프고 외로

워 보였다.

나는 다시 돌아와 벤치에 앉았다. 어쩔 수 없었다. 내가 가면 엑스는 아마 샌드위치를 먹지 않을 것이다. 그녀가 언제 마지막으로 음식을 먹었는지도 모를 일이다. 어쩌면 우리가 지난번에 만난 이후로 아무것도 먹지 못했을 수도 있다.

'엄마도 이해할 거야. 이해해 주지 않으면 다시 집안일과 엄마가 내주는 산수 숙제를 하면 되지 뭐.'

나는 깊이 숨을 들이마셨다가 내쉬며 마음을 진정시키고, 가끔 쌍둥이에게 해주는 방법으로 엑스를 편하게 해주었다. 나는 엑스를 만나면 서두르지 않는다. 처음에 엑스는 내가 카이버인 척하는 비밀경찰이라고 생각했을지도 모른다.

나는 마음을 편히 하고 이야기를 시작했다. 그러자 엑스는 샌드위치를 먹기 시작했다.

"엄마가 쌍둥이를 다른 곳에 보내려고 해. 어떻게 그런 일을 할 수 있어? 자기 아이들을 다른 곳으로 보내다니, 도저히 이해가 안 돼."

나는 다시 주제를 바꾸어 인도에서 뱀을 발견하는 가장 좋은 장소에 대해 빠르게 지껄였다. 내가 최근에 책에서 읽은 이야기였다. 뱀에 관한 이야기가 다 끝났을 때쯤 엑스는 샌드위치를 거의 다 먹었다.

"수프송 들어봤어?"

당연히 엑스는 대답하지 않았고, 그에 상관없이 나는 노래를 부르기 시작했다.

내가 마지막 가사를 부르려고 숨을 깊이 들이마시는데, 엑스가 부드러운 말투로 입을 열었다. 그래서 처음에 그 말을 알아듣지 못했다.

"나는 포크 가수였어."

나는 들이마셨던 숨을 조용히 내쉬었다.

"나는 요크빌에서 포크송을 불렀어."

요크빌은 1960년대에 히피가 주로 살던 곳이다. 나는 구슬땀을 흘리며 어깨에 기타를 멘 히피 엑스를 상상해보려고 했지만, 그림이 그려지지 않았다.

"경찰에게 쫓기기 시작할 때?"

엑스는 대답하지 않았다. 좀 더 이야기를 들으려고

기다리다가 문득 시간이 너무 늦었다는 것을 깨달았다. 이미 어두워지기 시작했다.

'엄마와 쌍둥이가 돌아왔을 거야. 메모라도 남겨놓고 나왔어야 했는데.'

갑자기 엑스가 노래를 부르기 시작했다. 목소리가 귀에 거슬리고 음도 맞지 않았지만, 추억은 아직 목소리만큼 녹슬지 않은 것 같았다.

꽃들은 모두 어디로 갔을까

오랜 세월이 흘렀나

꽃들은 모두 어디로 간 것일까

지금은 아주 먼 옛날의 일

꽃들은 모두 어디로 사라지는 것일까

젊은 아가씨들이 모두 꺾어 갔다네

언제가 되면 알 수 있을까

언제나 알게 될까

나도 함께 불렀다. 나도 아는 노래였다. 우리는 점점

어두워지는 공원 벤치에 앉아서 조금씩 내리는 비를 맞으며 부드럽게 노래를 불렀다. 우리는 다른 노래도 불렀다. 노래를 부르다 보니, 다른 일은 몽땅 다 잊어버리고 말았다.

그때 어디선가 거친 목소리가 들렸다.

"어쭈, 요것들 봐라! 야, 너희 어디서 구르던 개뼈다귀야?"

나는 깜짝 놀라 현실로 돌아왔다. 머리를 빡빡 깎은 한 무리가 슬금슬금 다가와 우리를 에워쌌다.

"누가 그따위 노래 부르고 다니래."

그들은 검은색 부츠를 신었고, 나치의 상징인 해골 마크를 부착한 군복을 입었다. 머리카락이 하나도 없어서 그런지, 못생긴 그들의 얼굴이 적나라하게 드러났다. 예전엔 그들도 틀림없이 귀엽고 예쁜 아기였을 테지만, 그것은 상상하기 어려운 일이다. 내가 히피였던 엑스를 상상할 수 없던 것처럼.

"단체를 보고 사람을 판단하면 안 돼. 개인을 보고 사람을 판단하는 거야."

엄마는 늘 이렇게 말했다. 하지만 사람들이 단체로 몰려다니면서 똑같이 행동하면 개인별로 판단하기는 어려운 일이다.

"빨리 가자."

나는 엑스에게 속삭이며 천천히 일어섰다. 대머리들이 야생동물 같다고 생각하면서 침착하게 서서히 움직였다.

엑스는 껍질 속으로 들어간 거북이처럼 트렌치코트에 머리를 파묻은 체 꼼짝도 하지 않았다.

"애들은 우리가 못마땅한가 보지."

대머리 하나가 엑스의 다리를 발로 차면서 말했다.

"엑스, 빨리 가자."

내가 애원했지만 엑스는 아무 말도 들리지 않는 것처럼 행동했다.

"엑스? 무슨 이름이 그따위야? 유명한 탐정이라도 되냐?"

뚱뚱하고 못생긴 대머리가 빈정댔다. 그는 맥주 캔을 통째로 삼켜버리기라도 할 것처럼 보였다. 다른 대머리들이 낄낄거리며 웃어댔다.

"가방에는 뭐가 들었어, 탐정?"

또 다른 대머리가 엑스의 가방을 잡았다. 엑스는 벌벌 떨었다.

"건드리지 마!"

나는 소리치면서 그를 밀었다. 그러자 그가 웃으면서 나를 밀었다. 내 몸이 나무토막처럼 진흙투성이 바닥에 고꾸라졌다. 나는 다시 벌떡 일어나 돌진했다. 또 다른 덩치 큰 대머리가 내 앞을 가로막았다.

"왜 이렇게 흥분하셔?"

나는 그의 불룩한 배를 머리로 들이받았다. 그가 몸을 구부리며 배를 부여잡았다. 그 사이 나는 얼른 놈을 피하면서 엑스를 찾았다. 엑스는 대머리들에게 맞으면서 질질 끌려가고 있었다. 그 중 한 놈이 엑스의 가방을 들고 있었다.

어쩌면 그들은 진짜 건달이 아니라, 변장한 비밀경찰인지도 모른다는 생각이 들었다.

나는 쌍둥이가 잘 내는 날카로운 비명을 지르며 그

들에게 달려들었다. 하지만 특별히 어떤 놈을 겨냥하고 뛰어든 게 아니라서 누구를 덮쳐야 할지 몰랐다. 그 순간 나는 방향을 잃은 채 발에 차이고, 두들겨 맞고, 거칠게 떠밀렸다.

그때 갑자기 경찰차 사이렌 소리가 들려왔다. 마침 경찰차가 공원 옆을 지나가는 중이었다. 이 소리는 대머리들을 물리치기에는 충분했다.

엑스와 나는 땅바닥에 나가떨어져 꿈틀거렸다.

"괜찮아?"

나는 엑스에게로 기어갔다. 엑스는 흐느껴 울었다.

"일어날 수 있겠어?"

비가 쏟아지기 시작했다. 나는 다시 엑스를 흔들었다.

"일어나 봐. 도와줄게."

엑스의 가방은 열려 있었고, 안에는 텅 비어 있었다. 나는 바닥을 이리저리 기어 다니며 대머리들이 도망가면서 떨어뜨리고 갔을지도 모를 보석이나 비밀서류를 찾았다. 하지만 아무것도 찾을 수가 없었다.

엑스는 벤치에 기대어 몸부림쳤다. 수치스러워하는 것 같았다. 나는 가방을 닫아서 엑스에게 건네주었다. 엑스의 얼굴은 온통 상처투성이였다.

"병원에 가야겠어. 병원에 함께 가줄까?"

엑스는 얼굴을 보여주고 싶지 않다는 듯 나를 외면했다. 내가 재차 물었지만, 엑스는 어깨를 움츠리며 고개를 숙이더니, 일어나서 혼자 가버렸다.

나는 집으로 가면서 엄마에게 뭐라고 말할까를 궁리했다. 절대 싸우지 말라고 했기 때문에 사실대로 말할 수는 없다. 내가 할 수 있는 가장 좋은 거짓말은 넘어져서 옷이 더러워졌다고 하는 것이다. 나라도 믿지 않겠지만, 그래도 그것이 가장 나은 거짓말이다.

대머리들은 아직도 공원에서 어슬렁거리며 내가 지나가야 할 모퉁이에 모여 있었다. 나를 기다리고 있던 것이 확실했다.

나는 대머리들과 다시 부딪치고 싶지 않았다. 그래서 교통신호 따위는 모두 무시하고 차도로 돌진하여 경적을 울려대는 자동차 사이를 간신히 빠져나왔다.

그런 다음, 남쪽으로 가다가 다시 동쪽으로 가서 학교 운동장을 통과하여 집으로 돌아왔다.

엄마는 몹시 화가 나 있었다. 처음엔 내가 무사한 것에 기뻐서 끌어안았지만, 곧 냉랭한 표정으로 노려보았다.

나는 온 힘을 다해 사실을 말하면서 곤란에 빠지지 않으려고 노력했다.

"감자를 까놓지 않아서 미안해, 엄마. 그 일을 막 하려고 하는데, 밖에서 엑스가 나를 기다리는 걸 봤어. 샌드위치만 주고 바로 오려고 했는데, 엑스가 노래하는 거야. 그래서 함께 노래를 부르다가 늦어졌어. 그리고 집으로 오는 길에 미끄러져 넘어지는 바람에 옷이 더러워진 거야."

나는 숨을 멈추고 내 거짓말이 얼마나 잘 먹혀들었는지 살펴보았다. 엄마 표정은 조금도 변하지 않았다. 엄마는 내 거짓말을 꿰뚫어보는 것 같았다.

"가서 씻어. 잠옷으로 갈아입고."

내 몸은 온통 진흙투성이였다. 온몸이 쑤시고 아팠

다. 나는 어디 부러진 데가 없나 샅샅이 살펴보았다. 여기저기 난 상처 외에 특별히 다친 데는 없었다.

따뜻한 물의 느낌이 좋았다. 울고 싶었지만, 울지 않았다. 욕실에서 나오자, 저녁이 차려져 있었다. 우리는 매시트포테이토와 수프를 먹었다. 엑스가 부른 노래에 대해 엄마에게 말하고 싶었지만, 화가 풀리지 않은 것 같아 아무 말도 하지 않았다.

설거지를 끝내고 침대로 올라갔다. 숙제하려고 하는데 엄마가 와서 불을 껐다.

"미리 해놨어야지."

엄마가 굿나잇 키스를 했지만, 따뜻함이 느껴지지 않았다

엄마의 배신

다음날 학교에 가보니, 나무로 교실 창문을 가려 놓았다. 이상하게 우리 교실 창문만 그랬다.

"무슨 일이야?"

한 아이에게 물었다.

"누가 어젯밤에 창문을 깨고 진흙과 쓰레기를 교실에 던졌대."

"넌 어떻게 알았어?"

"선생님들이 하는 말을 들었어."

"누가 그랬는지 알아?"

"아마도 메론을 싫어하는 애들이겠지."

아침부터 교실에는 이상한 분위기가 감돌았다. 교실의 불을 다 켰는데도 창문을 가린 나무판자 때문에 어두웠다. 등골이 오싹했다.

아이들 행동도 이상했다. 나를 힐끗힐끗 곁눈질하면서 속닥거렸다.

나는 수업을 시작하기 전까지 운동장 울타리에 혼자서 있었다. 어떤 아이가 창문을 가린 나무판자에 공을 던지자, 메론이 소리쳐서 그 아이를 쫓아버렸다.

티파니 일당의 모습이 보였다. 나를 손가락으로 가리키며 비웃었다. 나는 그들의 심술궂은 얼굴을 보지 않으려고 등을 돌렸다.

엄마가 학교를 향해 걸어오는 모습이 보였다. 반가움에 나는 엄마를 향해 손을 흔들었다. 하지만 엄마와 눈이 마주치자, 나는 손을 슬그머니 내렸다. 엄마는 화가 난 것 같았고, 실망한 것처럼 보였고, 그리고 절망한 것처럼 보였다.

일이 어떻게 돌아가는지 파악하는 데는 오래 걸리지

않았다. 메론이 아이들에게 과제를 내주더니, 내 이름을 불렀다.

"카이버, 따라와라."

선생님은 내 팔을 잡고 교장실로 들어갔다. 예전과 똑같이 불쾌한 어른들이 앉아 있었다. 티파니 엄마 대신 경찰이 와 있는 것만 달랐다. 경찰은 키가 꽤 컸다.

나는 두려웠다. 지난번과는 분위기가 사뭇 달랐다. 우선 내가 왜 잡혀왔는지 그 이유를 알 수 없었다. 물론 어른들은 내가 나쁜 짓을 했다고 오해하고 있는 것 같았다.

엄마도 예전과 달랐다. 엄마는 펄쩍 뛰며 나를 옹호하지 않았다. 그냥 조용히 의자에 앉아 있었다. 몹시 지쳐 보였다.

교장이 먼저 이야기를 시작했다. 교장은 '말할 수 없는 그 이름'으로 나를 불렀다. 나는 엄마가 바로잡아 주기를 기다렸지만, 엄마는 아무런 반응도 보이지 않았다.

"너도 알다시피, 어젯밤 학교에 불미스런 일이 생겼

어. 우리는 그 일의 근본부터 파악할까 해. 그래서 네가 어제 저녁에 어디에 있었는지 알고 싶은데."

"집에 있었어요."

"그전에는?"

"앨런 공원에서…."

나는 엑스와 함께 있었다는 말을 하려고 했지만, 경찰에게 엑스에 대해 말할 수는 없었다.

"친구와 있었어요."

"그 친구의 이름과 주소는?"

나는 곁눈질로 경찰을 올려다보았다. 경찰은 험악한 얼굴로 나를 보고 있었다.

"대답해."

엄마가 재촉했다.

"왜 나를 의심하죠?"

나는 아주 작은 목소리로 항의했다.

"어젯밤에 네가 학교에서 도망가는 것을 본 사람이 있어. 또 너는 진흙투성이가 되어서 집으로 돌아왔어. 그리고 넌 엄마에게 어째서 그렇게 됐는지 설명도 하지 않았어. 넌 지금 의심을 받고 있다고."

나는 엄마를 바라보았다. 엄마가 나를 배신했다. 전에는 한 번도 그러지 않았는데.

나는 마음속 깊이 정말로 엄마가 나를 저버리지 않기를 간절히 바랐다.

엄마도 나를 똑바로 보았다. 하지만 엄마의 얼굴이나 눈에는 내 기분을 바꿔줄 만한 표정이 없었다. 나는 엄마를 외면했다.

"나는 창문을 깨지 않았어요."

"그러면 어젯밤에 어디 있었니?"

교장이 다그쳤다.

"말했잖아요. 친구와 앨런 공원에 있었다고."

"앨런 공원에 있었는데, 왜 학교에 왔니?"

순간 이 질문에는 대답하지 못했다.

"적어도 함께 있었던 친구 이름은 말해줄 수 있지 않니?"

나는 다시 엄마를 쳐다보았다.

'엄마는 내가 엑스와 있었다는 것을 알고 있을 텐데

왜 말해주지 않는 걸까?'

엄마는 끝내 아무 말도 하지 않았다. 그냥 의자에 앉아서 손만 내려다보았다. 화가 나기 시작했다. 두려움은 이미 사라졌다.

"친구 이름은 말하지 않을 거예요."

나는 교장을 똑바로 바라보면서 또렷하게 말했다. 조그마한 돼지 눈을 가진 교장은 비밀경찰 같았다. 교장을 보니, 엑스가 경찰을 두려워하는 심정을 이해할 수 있었다.

"친구는 없어요."

엄마가 마침내 입을 열었다. 그 말이 나를 소름끼치게 했다.

"카이버가 엑스라고 부르는 나이 많은 여자 친구가 있긴 하지만, 그녀는 상상의 친구예요. 카이버는 학교가 끝난 후에 종종 자기가 먹을 샌드위치를 만들어 공원에 가면서 엑스에게 가져다 준다고 말했어요. 그것은 자기 몫보다 더 많이 먹고 있다는 것을 나타내지 않으려는 의도죠. 우리는 겨우 먹고사니까요."

엄마의 말은 내 온몸을 마비시켰다.

"말할 수 없는 그 이름, 넌 기회를 날려버렸어. 우리는 네 처지를 최대한 고려하려 했지만, 결국 넌 기회를 놓쳤어. 너는 네 이름조차 투명하게 밝히지 않았고, 그럴 생각도 없어. 네 잘못된 행동을 엄마에게 책임지게 하는 건 유감이지만, 상황을 이렇게 만든 건 바로 너야."

교장은 마치 왕의 명령을 선포하듯이 일어섰다.

"너를 더는 우리 학교에 다니게 할 수 없다. 너를 강제 전학 조치한다."

'강전이라고?'

"날 강전시킬 수는 없어요! 누구 맘대로!"

나는 버럭 소리를 지르고 교장실을 뛰쳐나왔다. 문을 쾅 닫고 나오려고 했지만 실패했다. 문을 천천히 닫게 하는 장치가 위에 달렸기 때문이다.

급히 교장실을 빠져나오는 바람에 책상에 있는 서류들을 바닥에 떨어뜨렸다. 또 복도에서 푸른색 페인트통 뚜껑을 따는 선생님과 정면으로 부딪쳤다. 페인트가 그 선생 스웨터에 튀었지만, 불행히도 나는 너무 화가 나서 그 일을 즐길 수가 없었다.

분노는 내게 힘을 주었다. 분노는 나를 거의 미치게 했다. 나는 강전당한 것이 정말로 기뻤다. 어쨌든 나도 원한 일이다. 이제 다시는 이놈의 학교에 오지 않을 것이다.

사물함에서 물건을 모두 꺼내 뒷주머니에 넣고, 문을 쾅 닫았다. 물론 사물함 문을 세게 닫는 것은 누구든지 할 수 있는 일이다. 그래서 나는 두 번이나 더 문을 쾅 닫았다. 아주 힘차게. 그렇게 한 것은 화가 나서 그런 게 아니라 그렇게 하고 싶어서 그런 거였다.

어떤 선생이 교실 문을 열고 머리를 내밀며 뭐라고 했지만 상관없었다. 나는 학교를 나오면서 웃고 또 웃었다. 엄마가 나를 따라왔다. 나는 웃음을 멈추었다.

"이렇게 행동하는 널 이해할 수 없어. 지금 내가 할 일이 얼마나 많은 줄 아니? 우선 네가 다닐 학교부터 알아봐야 해. 네가 깬 유리창 값도 물어줘야 하고. 도대체 나보고 어쩌라는 거니?"

나는 걸음을 멈추었다.

"내가 창문 깨지 않았다는 거 알잖아?"

"몰라. 넌 어젯밤 어디에 있었는지, 무엇을 했는지 거짓말을 했어. 오래전부터 마음속에 키워온 상상의 친구와 있었다고 거짓말을 했어. 넌 진흙투성이가 된 채 집으로 왔어. 밖에 나가지 말라는 엄마 말을 듣지 않았어. 모르겠어. 네가 창문을 깨지 않았다는 것을 확실히 모르겠다고."

나는 낯선 사람과 걷고 있다는 느낌이 들었다. 몹시 외롭고 슬픈 느낌이다. 비가 와서 그런지 길가에 있는 도랑은 흙탕물로 가득 차 있었고 쓰레기가 둥둥 떠다녔다.

"너는 네 이름조차 투명하게 밝히지도 않았고, 그럴 생각도 없었어."

교장 말이 떠올랐다.

'투명한 이름?'

나는 산에서 흘러내려 오는 차가운 개울물을 그려보았다. 밑바닥에 있는 자갈이 다 보일 만큼 투명했다.

'내 이름은 도랑의 흙탕물과 같아. 내 이름은 산에서 내려오는 개울물 같아야 해. 내 이름을 투명하게 해야 해. 그때까지 내 이름은 진흙이다.'

가출

엄마와 나는 온종일 한마디도 하지 않았다. 침대에 누웠지만 책을 읽거나 지도책은 보지 않았다. 그러고 싶은 마음이 없었다.

저녁을 먹은 다음, 주바가 찾아왔다. 주바와 엄마는 내가 쌍둥이를 재우는 동안 부엌에서 이야기했다. 쌍둥이 옷과 물건을 담은 상자는 그들 방에 없었다. 엄마가 자기 방에다 숨겨 놓은 게 분명했다. 하지만 그걸 확인하려고 엄마 방에 갈 수는 없었다. 나는 아직 엄마와의 관계를 회복할 만한 말을 생각해내지 못했다.

동생들이 자는 걸 확인하고 방으로 건너와 잠옷으로 갈아입었다. 몸에는 여기저기 보라색 멍투성이다.

외로웠다. 엄마가 굿나잇 키스하러 오지 않을까 하는 기대도 빗나갔다. 나는 울다가 잠이 들었다.

몇 시간이 지나서 눈을 떴는데, 주위가 아주 조용했다. 창문 밖으로 거리를 내다보았다. 내일은 또 무슨 일이 일어날지 걱정스러웠다.

엄마는 내가 충동적으로 뛰쳐나가, 학교 창문을 더 깨어 부술까 싶어 온종일 나를 감시할 것이다. 엄마는 여전히 내게 화가 나 있고, 여전히 내가 학교 창문을 깼다고 생각할 것이고, 여전히 날 믿을 수 없다고 생각할 것이다.

아마 엄마는 종일 나와 말하지 않을 것이다. 내게 너무 실망해서 어떤 말도 하지 않으려고 할 것이다.

나는 완벽하게 혼자다.

엄마를 깨워서 사실을 고백할까. 그러면 엄마는 싸운 것에 대해서만 야단을 칠 것이고, 나는 벌을 달게 받으면 된다.

154

엄마에게 사실을 털어놔야겠다고 결심하고, 사다리를 반쯤 내려왔을 때, 엄마가 엑스를 상상의 인물로 여긴다는 말이 떠올랐다. 엄마가 엑스를 진짜 친구로 믿지 않으면 내가 엑스를 도와주려고 대머리들과 싸운 일도 믿지 않을 것이다.

엄마에게 증거만 댈 수 있다면…. 하지만 어떤 증거를 댈 수 있겠는가? 잘 모르는 대머리들을 찾아가서 "실례합니다, 못생긴 여러분. 내가 창문을 깼다고 의심받고 있으니, 그 시간에 당신들이 나를 두들겨 팼다고 엄마에게 말 좀 해줘요." 하고 말할 수는 없는 노릇 아닌가.

나는 다시 침대로 기어올랐다. 엑스만이 유일한 희망이다. 엑스가 이 사실을 알면 엄마에게 진실을 말해줄 것이다. 그러면 나는 엑스가 최소한 상상의 친구가 아니라는 건 증명할 수 있지 않을까.

엑스는 요 며칠 나타나지 않았다. 어쩌면 다시 두들겨 맞고 싶지 않아서 아예 나타나지 않을지도 모른다.

이 문제를 해결하는 길은 한 가지밖에 없다. 엑스를

찾아서 집으로 데려오는 것이다. 엑스는 엄마를 보고 당황하겠지만, 엄마는 비밀경찰이 아니라고 잘 말하면 분명히 나를 믿을 것이다. 하지만 엄마는 절대로 밖에 나가지 못하게 할 것이고, 다른 학교에 다닌다 해도 오후 내내 나를 가두어둘 것이다.

내 유일한 선택은 한밤중에 몰래 빠져나가는 것이다. 행운만 좀 따라준다면 나는 엑스를 아침 먹기 전까지 집으로 데려올 수 있을지도 모른다.

한참을 기다려 엄마가 잠든 것을 확인했다. 나는 머릿속으로 모든 걸 계획해놨기 때문에 침대에서 내려와 무엇을 해야 하는지 알고 있었다.

계획대로 나는 옷을 입고 살금살금 부엌으로 갔다. 부엌에서 숨죽여가며 땅콩 버터와 옥수수 시럽을 넣은 샌드위치를 만들었다. 샌드위치는 엑스를 설득해서 데려오는 데 꼭 필요하다.

식탁 위에 메모를 남겨놓았다.

'엄마, 나 엑스 찾으러 가.'

나는 열쇠를 목에 걸어 스웨터 안에 집어넣고 재킷을 들었다.

밖에서 아파트를 올려다보았다. 데이비드가 창가에 서서 밖을 내려다보다가 나를 발견하고 손을 흔들었다. 마치 이별하는 장면 같았다.

밤의 얼굴

엑스를 찾는다는 건 꽤 멍청한 생각이었다. 비밀경찰들이 신발 속에 숨겨 놓은 전화나 비밀 카메라 같은 첩보 기구로도 엑스를 찾지 못했는데, 내가 어떻게 찾는단 말인가?

내가 가진 건 땅콩 버터와 옥수수 시럽을 넣은 샌드위치뿐이었고, 그 속에는 비밀 카메라나 마이크로필름도 없었다. 계속 엑스를 찾아다니는 것은 무모한 행동이었다.

그렇다고 아무런 노력도 하지 않고 집으로 가는 것

은 더 바보 같은 짓이다.

나는 무작정 걷기 시작했다. 도서관을 지나치는데, 문득 결혼식에서 번 돈을 넣어둔 주머니가 생각났다. 내가 똑똑했다면 그 돈을 갖고 나왔어야 했다.

밤의 세계는 낮의 세계와 전혀 딴판이었다. 똑같은 건물과 똑같은 거리인데도 밤에는 모든 것이 다르게 보였고, 다르게 들렸고, 다르게 느껴졌다.

밤길을 걸었던 가장 최근의 기억은 엄마와 함께 쌍둥이를 데리고 병원에 갔을 때였다. 그때 나는 비참하다고 생각했다. 하지만 오늘과 비교해 보면 그날 밤은 행복했다.

밤이라 사람들이 잘 구분되지 않았다. 낮에는 사람들을 잘 볼 수 있는데, 밤에는 모두 어둠으로 바뀌었다. 사람들도 어둠의 일부가 되었다.

나는 가로등 불빛 쪽으로 몸을 돌려 앨런 공원으로 들어섰다. 공원 큰길에는 아직 가로등이 켜져 있었지만, 다른 곳은 어두웠다. 바닥에 낙엽이 바람에 날렸고, 나뭇가지들은 서로 비벼대면서 부스럭거렸다. 뭔

가 섬뜩한 것이 나무 뒤에 숨어 있는 것 같았다.

어둠 속에서 나는 뭔가에 걸려 넘어졌다. 나를 넘어 뜨린 것이 끙끙 신음을 냈다. 나는 전기에 감전된 사람처럼 벌떡 일어나 무엇이 발에 걸렸는지 확인해 보았다. 어떤 남자가 몸을 웅크린 채로 땅바닥에서 자고 있었다. 담요도 슬리핑백도 없이 말이다.

'얼마나 추울까?'

그때 갑자기 그 남자가 나를 향해 팔을 뻗었다. 나는 혼비백산하여 도망쳤다.

앨런 공원, 나는 이 공원을 천 번은 와봤다. 쌍둥이를 데리고 엑스와 만난 이 공원이 이제는 공포의 장소가 되다니.

"유령이 나오는 앨런 공원을 어떻게 생각해? 귀신이 나무 뒤에서 튀어나와 엄마를 확 덮칠 거야. 또 공원 벤치도 살아 움직인다고."

나는 마치 엄마에게 말하는 것처럼 큰 소리로 떠들면서 엑스를 찾아다녔다.

공원 옆을 지나가는 자동차 빛이 어둠을 움직였다.

어둠이 나를 쫓아오는 것 같았다. 등골이 오싹해 지면서 무서웠지만, 나는 계속해서 엑스를 찾았다.

이제 남아 있는 곳은 온실 뒤쪽뿐이다. 공원 벤치에서 잠을 자는 사람 중에 지금까지 엑스는 없었다.

온실 뒤쪽에서 나는 길을 잃었다. 그때 한 남자가 어둠 속에서 툭 튀어나왔다. 그 사람도 길을 잘못 들어선 것 같았다. 우리는 부딪히자마자 소리를 질렀다.

나는 무서워서 정신없이 뛰었다. 영 스트리트까지 냅다 뛰었는데도 멈출 수 없었다. 용감한 탐험가 정신은 어디론가 사라졌다. 나는 그저 꼭꼭 숨어서 나타나지 않는 한 여자를 찾아다니는 거대한 도시 속의 겁먹은 아이일 뿐이었다.

나는 영 스트리트 북쪽으로 향했다. 영 스트리트는 토론토의 주요 도로로 캐나다에서 가장 긴 거리다. 세계에서, 어쩌면 우주에서 가장 길지도 모른다. 이 길은 온타리오 호수로부터 북쪽으로 길게 뻗었는데, 북극까지 이어졌을지도 모른다.

나는 그렇게 멀리까지 가지 않길 바라며 옷가게 계

단에 털썩 주저앉았다. 생각을 좀 해야 했다. 나는 출
입문 쪽으로 얼굴을 돌리고 머리를 마구 헝클어뜨려서
사람들이 알아보지 못하게 했다. 거리에는 사람들이
많진 않았지만, 그래도 없는 편은 아니었다. 그들의 눈
에 띄고 싶지 않았다.

엑스도 사람들 눈에 띄는 것을 싫어하니까, 어둠 속
에 있을 것이다. 엑스는 큰 창문이나 밝은 불빛이 있는
곳에는 가지 않을 것이다. 도넛 가게에도 들어가지 않
을 것이다.

엑스는 공원이나 골목길이나 뒷길 같은 컴컴한 곳에
숨어 있을 게 분명했다. 하지만 토론토에 그런 장소는
수없이 많다. 수백만 개가 넘을지도 모른다. 어떻게 그
걸 다 찾아본단 말인가?

당연히 할 수 없는 일이다. 할 수 있다 해도 엑스가
가만히 앉아서 나를 기다려주지는 않을 것이다. 내가
지나간 골목길에 엑스가 슬그머니 나타날 수도 있다.

그렇지만 나는 애면글면 찾아야 한다. 어쩌면 행운
을 얻게 될지도 모른다.

영 스트리트 뒤에 골목길이 있다. 나는 조심스럽게 그곳으로 접어들었다. 너무나 무서웠다. 입구부터 시작해서 골목길 전체가 어두컴컴했다. 손전등이 없어서 어둠속으로 직접 들어가 느낌으로 주위를 둘러볼 수밖에 없었다. 하지만 그것도 곤란하다. 엑스가 그곳에 있다 해도 어둠 속에서 어떤 사람이 다가오는 걸 느낀다면 비밀경찰이라고 생각해서 도망갈 게 분명했다. 만약 엑스가 그곳에 없다면…. 그렇다면 그곳에 뭐가 있는지 알고 싶지 않다.

나는 그냥 큰길에 있기로 했다. 골목길은 낮에 찾아볼 작정이다. 하염없이 북쪽으로 발걸음을 옮겼다. 상점 입구에는 대부분 사람이 자고 있었다. 어떤 사람들은 시멘트 바닥에 그냥 누워서 자기도 했다. 담요를 덮고 자는 사람도 있고, 바닥의 냉기를 막아보려고 커다란 종이상자를 깔고 자는 사람도 눈에 띄었다.

'가게 문을 열면 저 사람들은 다 어디로 사라질까?'

날이 밝아오자, 거리는 다시 일하러 가는 사람들로 분주해졌다. 나는 리젠트파크에서 상당히 멀리 떨어진 에글린턴 스트리트를 거닐었다. 여기는 고층빌딩도 더러 있고, 가게도 영 스트리트보다 훨씬 더 화려했다.

나는 지쳤고, 화장실도 가야 했다. 그래서 도넛 가게로 들어갔다.

"화장실은 손님만 이용할 수 있어."

계산대에 앉아 있는 여자가 나를 힐끗 보면서 말했다. 여자는 발레리처럼 무례했지만, 그녀처럼 따뜻한 느낌이 들지는 않았다. 그냥 무례하기만 했다.

여자는 손님 주문을 받느라 바빴다. 여자가 블루베리 머핀을 가지러 갔을 때 나는 얼른 벽에 걸린 열쇠를 잡아채서 재빨리 화장실로 들어갔다.

화장실 거울에 비친 얼굴이 낯설었다. 눈은 퉁퉁 부었고 잔뜩 겁을 먹은 모습이다. 차가운 물로 씻어보았지만 별로 도움이 되지 않았다. 얼굴도 부은 것처럼 보였다.

화장실에는 수건이 없었다. 그래서 스웨터로 얼굴을 닦고 화장실을 나왔다. 문을 닫자, 철컥하고 문이 잠기는 소리가 났다. 그 순간 안에 열쇠를 두고 나온 것이 생각났다. 나는 서둘러 도넛 가게를 몰래 빠져나왔다. 화장실 안에 열쇠를 두고 문을 잠갔으니, 혼날 것이 분명했다.

엑스가 편안하게 있을 만한 곳이 근처에는 없는 것 같았다. 거리에는 부랑자가 많이 나와 있지는 않았다. 엑스가 있기에는 적당하지 않은 곳이다. 나는 길을 건너 시내로 향했다.

무작정 걷다 보니, 공동묘지에 도착했다. 공동묘지는 아름답고 따뜻하고 조용했다. 그래서 잠시 쉬었다 가기로 했다.

나는 엄마와 함께 쌍둥이를 데리고 자주 리버데일 농장 근처에 있는 묘지를 걷곤 했다. 그 묘지는 아주 오래된 곳이다. 구불구불한 오솔길과 나무들, 다람쥐가 많았다.

나는 햇볕이 내리쬐는 무덤들 옆에서 쉴 만한 장소를 골랐다. 당연히 무덤 위는 아니다. 사람이 밑에 묻혀 있는데, 내가 그 위에 누우면 누가 좋아하겠는가.

'지금쯤 엄마와 동생들도 일어났겠지? 엄마가 식탁

에서 메모를 발견했을 거야.'

나는 엄마와 쌍둥이가 부엌에서 아침 먹는 모습을 그려보았다. 나도 함께 있고 싶었다.

잔디에 누웠다. 태양은 따뜻했고, 몸은 피곤했다. 곧 잠 속으로 빠져들었다.

거리의 사람들

한참을 자고 나서 깨어났다. 벌써 오후였다. 멍한 상태는 사라졌지만, 기분은 엉망이었다. 대머리들한테 얻어맞은 곳이 쓰라렸고, 바닥에 누워 있었더니, 몸이 뻐근했다. 태양이 구름 뒤로 숨어버려 으슬으슬 추웠다.

배도 고프고, 화장실도 가고 싶었다. 나는 주위에 아무도 없는지 확인하고 나무 뒤로 가서 볼일을 보았다.

'도대체 엑스는 어떻게 지낼까? 엑스도 나무 뒤를 화장실로 이용할까?'

나는 다시 영 스트리트로 나왔다. 몸을 움직이니까 추위도 사라지고 뻐근한 것도 없어졌다. 내리막길이어서 걷기가 훨씬 수월했다.

"한 푼만 주세요."

나는 주위를 둘러보았다. 가게 앞에서 담요로 몸을 감싸고 앉아 있는 두 사람이 눈에 띄었다.

"제게 말한 거예요?"

"너한테도, 모든 사람에게도."

여자가 히죽 웃었다.

"너, 한 푼도 없구나. 그렇지?"

나는 머리를 끄덕였다.

"1센트도 없어요. 와, 강아지가 있네!"

"이름이 윈섬이야. 너 이거 아니? 누군가가 얻으면 누군가는 잃는다는 거."

머리를 만져주자, 윈섬이 내 얼굴을 핥았다. 여자가 내게 담요를 덮어주었다. 나도 그들 옆에 앉았다.

"나는 캐롤린이야. 이 사람은 하몬드고."

우리는 악수했다. 하몬드는 긴 머리를 뒤로 묶었고,

얼굴에는 몇 군데 생채기가 있었다. 캐롤린은 짧은 곱슬머리였다.

"저는 카이버예요."

"윈섬은 배가 고파. 우린 음식 살 돈을 버는 중이야."

캐롤린이 말했다.

"저한테 먹을 게 조금 있어요."

나는 샌드위치를 하나 꺼냈다.

"땅콩 버터와 옥수수 시럽을 넣은 샌드위치에요. 강아지한테 줘도 괜찮죠?"

"그럼, 지금 윈섬은 배가 고파 죽을 지경이야. 그런데 우린 네게 줄 게 없단다."

"괜찮아요. 마음 쓰지 마세요."

캐롤린은 샌드위치를 받아 세 조각으로 나누었다.

그들은 마파람에 게 눈 감추듯 샌드위치를 먹어치워서 누가 가장 빨리 먹었는지 분간할 수 없었다.

"아줌마 아저씨도 배가 많이 고팠나 봐요."

"우린 어제 이 마을에 왔어. 솔트 세인트마리에서 히

치하이크해서 왔지."

나는 온타리오 지도를 떠올렸다.

"슈피리어 호수 구석에 있는 마을이네요."

"똑똑한 아이구나."

"언젠가 그곳에 꼭 갈 거예요. 저는 이 세상 어디든 다 갈 거예요. 탐험가가 될 거니까요."

"나는 수의사가 될 거야. 사람보다 동물을 훨씬 좋아하거든. 음, 왠지 동물과 함께 있으면 행복해지거든. 여기 있는 하몬드는 시인이야. 하몬드는 내가 치료해 준 동물에 관한 시를 쓸 생각이래."

"저도 동물에 관한 시를 많이 알아요. 하나 들어볼래요?"

"어, 그거 좋지."

나는 캐롤린과 하몬드에게 「올빼미와 고양이」라는 시를 들려줬다. 내가 시를 읊는 동안 사람들이 조금씩 모여들었다.

올빼미와 고양이가 바다로 간다

완두콩 모양의 푸른빛 배를 타고

약간의 꿀과 넉넉한 돈을 가지고

올빼미는 별을 바라보며,

기타 치며 노래 부르고

오! 사랑스러운 푸시, 오! 내 사랑

그대, 얼마나 아름다운지

그대여, 그대여

당신은 아름다운 고양이라네!"

고양이가 올빼미에게 말하네

당신은 우아한 새.

귀엽고 달콤하게 노래하네!

오! 우리 결혼해요

우린 너무 오래 기다렸어요

결혼반지는 뭐로 할까요?

그들은 멀리 바다를 항해하다

봉나무가 자라는 육지에 올랐고

머리 큰 돼지가 코끝엔 반지가 달렸네

돼지 코에는, 돼지 코에는

돼지 코에는 반지가 달려 있네

귀여운 돼지야, 1실링에 반지를 다오

너의 예쁜 반지를? 돼지가 말하네, 좋아!

그들은 다음 날 반지를 나눠 끼고, 결혼했다네.

언덕에 사는 칠면조 옆에서

그들은 모과를 썰고 만찬을 했지.

세 가닥 란스블 스푼으로

낭송이 끝나자, 구경하던 사람들이 손뼉을 쳤다. 몇
몇 사람은 캐롤린 앞 작은 상자에 돈을 떨어뜨리기도
했다. '이 일을 엄마한테 말해줘야지.'

"저는 사람을 찾고 있어요."

그리고 그들에게 엑스를 설명했다. 물론 그들은 엑

스를 보지 못했다고 했다.

나는 그들과 좀 더 이야기를 나누었다. 내가 윈섬을 가볍게 쓰다듬는 동안 그들은 솔트 세인트마리에서 토론토까지의 여행에 관해 얘기했고, 나는 카이버패스에 대해 말했다.

나는 수프송을 노래할까 했지만, 생각만 해도 집이 그리워질까 봐 그만두었다. 우리는 이런저런 말을 하면서 지나가는 사람들의 다리를 지켜보았다.

"제가 아줌마 아저씨께서 일할 수 있는 곳을 알려 드릴까요? 그곳에서 끼니는 해결할 수 있거든요. 발레리가 아줌마와 아저씨를 마음에 들어하면요."

나는 그들에게 레스토랑 '트로이 목마'에 대해 이야기했다.

"발레리에게 가서 부탁해 보세요. 처음에 발레리는 틀림없이 굉장히 무례할 거예요. 그렇지만 괜찮아요. 제가 보냈다고 하면 돼요."

나는 일어나서 작별인사를 했다.

"너 지금 어려움에 처한 것 같은데, 카이버?"

캐롤린이 물었다.

나는 고개를 끄덕였다.

"밤거리는 네게 위험해. 물론 우리에게도 안전하진 않지만. 그래도 우린 어른이야. 네가 원하면 우리와 함께 있어도 좋아."

하몬드가 말했다.

"고맙지만 친구를 찾아야 해요."

나는 윈섬을 가볍게 톡톡 쳐주고 다시 길을 걷기 시작했다.

옥상에서

이톤 백화점 벤치에 앉아 앞으로 어떻게 해야 할 지 생각했지만, 막막하기만 했다. 엄마와 쌍둥이와 함께 오랫동안 걸은 적이 있지만, 그때는 어디로 가는지, 얼마나 멀리 왔는지, 언제 다시 집으로 돌아가는지도 알았다. 하지만 이번에는 어디로 갈지, 언제 집으로 돌아갈지 도통 짐작이 안 됐다.

배가 고프니, 가방 속 샌드위치가 계속해서 머리를 떠나지 않았다. 거리에는 몇몇 사람들이 아이스크림을 먹으면서 지나갔고, 햄버거 굽는 냄새와 팝콘 튀기는 냄새가 코를 찔렀다.

주위에 온통 먹을 거였지만, 나는 어느 것도 먹을 수가 없었다. 다시 한 번 나는 결혼식장에서 번 돈을 가지고 나오지 않은 걸 후회했다.

다행히 쇼핑몰은 따뜻했다. 벤치에 앉아 꾸벅꾸벅 졸다가 놀라 깨어났는데, 경비아저씨가 눈치를 주었다. 나는 비틀거리며 그 자리를 피했다.

엑스를 찾으러 밖으로 나가야 했지만, 너무 피곤해서 백화점에 좀 더 머물렀다. 우연히 엑스가 내 앞을 지나가서 이 배고픈 여행이 어서 빨리 끝나기를 희망하면서. 그리고 아무도 나를 의심하지 않도록 벤치를 자주 옮겼다.

항상 감시당하고 추적당하는 이 느낌을 틀림없이 엑스도 알 것이다. 아니 어쩌면 엑스는 나보다 훨씬 더 심각할 지 모른다. 경비들은 유니폼을 입고 있어서 그들을 발견하면 도망칠 수 있다. 하지만 엑스를 뒤쫓는 비밀경찰은 유니폼을 입지 않는다.

나는 퀸 스트리트 출구 쪽에 있는 벤치에 앉았다. 벤

치 한쪽 끝에서 어떤 여자가 열심히 글을 쓰고 있었다. 나는 슬그머니 다가가 훔쳐보았다.

"너 내 아이디어를 훔치려는 거지?"

여자가 종이를 팔로 가리면서 말했다.

"아니에요. 저는 사람을 찾고 있어요."

"그래? 나도 그런데."

"누구를 찾고 있는데요?"

"내 원고를 살 사람."

"희곡을 쓰세요? 저도 연극 한 적 있어요. 정삼각형 역이었어요. 내가 했던 대사를 들어보실래요?"

"싫어."

"사실은 바보 같은 연극이었어요. 아줌마 희곡은 뭐에 관한 거예요?"

"이건 영화 시나리오야. 예술적 재능을 지닌 여자에 관한 내용이지. 천재 주인공은 대부분 산책하면서 시간을 보내는데, 주인공이 천재라는 사실을 아는 사람은 없어."

"왜 주인공은 자신이 천재라는 걸 사람들한테 알리

지 않죠?"

"그게 천재들의 특징이야."

나는 무슨 말인지 도통 이해할 수 없었다. 그래서 엑스를 보았느냐고 물었다. 여자는 멍청한 영화 시나리오 이야기를 멈추고는 엑스를 보지 못했다고 꽤 오랫동안 말하더니, 다시 영화 시나리오 이야기로 되돌아갔다. 내가 벤치에서 일어나 거리로 나온 다음에도 여자는 여전히 혼자서 영화 시나리오 이야기를 하고 있었다.

벌써 저녁 먹을 시간이 가까워졌다. 하늘도 어둑어둑해지기 시작했다. 거리는 사람들로 붐볐다. 나는 프런트 스트리트로 내려와 기차역으로 향했다. 그곳에서 나는 안심하고 앉아 있을 수 있었다.

엑스도 나와 같은 생각을 할지 모른다. 기차역에서 파란 가방을 든 여자에게 관심을 두는 사람은 아무도 없을 테니.

기차역은 토론토에서 가장 멋진 장소다. 역에는 거대한 돌기둥이 줄지어 늘어섰는데, 안으로 들어가려면 그곳을 통과해야 한다. 돌기둥 사이를 지나다 보면, 어딘가로 떠나기 전에 이미 어딘가에 와 있는 듯한 느낌이 든다. 나는 엄마를 설득해서 자주 이곳에 왔었다.

사람들이 매표소 앞에서 목적지로 가는 기차 요금을 물으면 직원들이 친절하게 대답해 준다. 도착하는 데 몇 시간이 걸리는지, 어느 도시를 통과하는지도 알려 준다.

나는 한 번도 기차를 타본 적이 없다. 기차표 없이는 플랫폼에 들어가 볼 수 없다. 언젠가 내가 기차를 타는 날, 그 느낌이 어떤지 알게 될 것이다.

기차역은 사람들로 항상 만원이다. 한 주간의 일에서 해방되는 금요일이다. 사람들은 퇴근해서 집으로 가는 것 같은데, 얼굴을 보면 아무도 행복해 보이지 않았다.

나는 주위를 둘러보면서 엑스를 찾았지만, 보이지 않았다. 화장실을 다녀와서 다시 밖으로 나갔다. 나는 정말로 지치고 몹시 배고팠다.

영 스트리트는 너무 복잡해서 엑스가 바로 내 코앞

을 지나가지 않는다면 찾을 수 없을 것 같았다.

'키가 좀 더 컸으면 좋을 텐데. 그러면 사람들 가슴을 보면서 걷지 않고, 얼굴을 보면서 걸을 수 있을 텐데.'

문득 옥상이 생각났다. '그래, 옥상! 옥상에 올라가면 한꺼번에 전체를 살펴볼 수 있겠지.' 참 좋은 생각이다.

영 스트리트 뒷골목에서 나는 몇몇 건물에 붙어 있는 사다리를 발견했다. 밑에서 올려다본 사다리는 하늘로 이어져 있었다. 나는 용기를 내서 사다리 하나를 오르기 시작했다.

옥상에 올라가니, 아주 높은 산에 오른 듯한 느낌이 들었다. 불을 밝힌 도시가 발아래로 쫙 펼쳐졌다.

나는 옥상 벽에 기대어 서서 사람들을 내려다보았다. 길 건너 이튼 백화점 밖에서 어떤 사람이 드럼을 치고 있었다. 어떤 사람은 마술쇼를 하고 있었고, 또 어떤 사람은 지옥에 대해 떠들어 댔다. 사람들을 한눈에 볼 수 있다니, 정말로 멋진 광경이다.

거리에는 아주 많은 사람이 있었지만, 엑스는 없었다. 배고프고, 지치고, 걱정스럽고, 무섭지만 않았어도 나는 옥상에 몇 시간 더 있으면서 거리에서 일어나는 일을 즐겼을 것이다. 하지만 나는 배고팠고, 지쳤고, 걱정스러웠고, 무서웠다. 그래서 사람들 행동에 더는 흥미를 느낄 수 없었다.

조금 더 있다가 나는 옥상에서 내려왔다.

핼러윈 파티

사다리를 타고 내려오는데 현기증이 났다. 아무것도 먹지 못하고 잠도 제대로 못 잤으니, 현기증이 나는 건 당연했다.

나는 대형 쓰레기통 사이로 뛰어내렸다. 냄새가 지독했지만, 너무 피곤해서 움직일 수가 없었다. 얼마 안 있어, 한쪽 쓰레기통에서 뭔가가 덜거덕거리며 굴러다니는 소리가 났다. 나는 무서워서 얼른 골목을 빠져나왔다.

밤이 깊어가면서 거리는 다시 어두워졌다. 나는 사

람들 눈에 띄고 싶지 않았지만, 아무도 나에게 관심을
두지 않는 것도 싫었다.

　'열네 살 먹은 여자아이가, 그것도 혼자서 밤에 도시
를 배회하는데, 아무도 돌봐주지 않다니!'

　사람들은 모두 자신의 생각과 계획대로 바쁘게 움직
일 뿐, 내게는 전혀 관심을 두지 않았다.

　나는 캠핑용품 가게에 들어가서 서성거리다 나왔다.
쌍둥이 없이 있자니, 마음이 아팠다.

　나는 마냥 걸었다. 영 스트리트가 지겨워서 동쪽으
로 방향을 바꿔 처치 스트리트로 향했다. 그곳은 조용
했다. 아마 엑스도 조용한 거리를 좋아할 것이다.

　너무 지치고 배고파서 머리가 무거웠다. 나는 나무
로 둘러싸인 가게 앞 계단에 앉아서, 아무 생각 없이
엑스를 주려고 만든 샌드위치를 먹기 시작했다.

　"반만 먹어야지."

　하지만 그렇게 결정했을 땐 이미 샌드위치를 다 먹
고 난 뒤였다.

　먹을 것도 없는데, 엑스가 나와 함께 집에 가려고 할

까? 땅콩 버터와 옥수수 시럽이 든 샌드위치가 없다면 엑스가 건너편 벤치 앞을 지난다 해도 나를 알아보지 못할지도 모른다.

엄마 생각이 났다.

나는 엄마를 걱정시켰고 더욱더 화나게 했다. 왜 그랬을까? 이유는 없다.

울지 않으려고 기를 쓰는 바람에 얼굴이 아팠다. 엄마가 날 용서해 주기를 바라면서 그냥 집으로 돌아가야 하나? 아니면 계속 엑스를 찾아다녀야 하나?

지금쯤 엄마는 나를 잊었을지도 모른다. 어쩌면 엄마는 핑크색을 좋아하고 드레스를 좋아하는 아이를 딸로 삼았을지도 모른다.

나는 다시 걸었다. 자꾸 눈물이 흘러내려 앞을 볼 수 없었다. 나는 휘청휘청 걸으면서 내가 어떤 사람을 지나쳤는지, 누가 나를 지나치는지, 아무런 주의도 기울이지 않았다. 엑스가 지나갔다 하더라도 알아차릴 수가 없었다.

그때 누가 내 앞을 가로막았다. 눈물을 닦자마자, 입

에서 비명이 새어나왔다. 눈앞에 괴물이 떡 버티고 서 있는 게 아닌가! 몸 전체가 온통 피범벅이었고, 한쪽 눈알이 눈 밑으로 빠져나와 있었다.

"아, 미안해요. 가면을 쓰니까 앞을 보기가 어렵네요."

괴물이 말을 했다.

'아 그래, 핼러윈!'

그 순간 나는 처치 스트리트의 이상한 풍경이 눈에 들어왔다. 고릴라, 어릿광대, 괴물들, 나비 옷을 입은 남자들, 콧수염을 한 여자들이 거리를 가득 메우고 있었다.

엄마와 나는 핼러윈 데이를 좋아한다. 엄마는 핼러윈 의상을 입을 날을 손꼽아 기다렸다. 핼러윈은 엄마가 나를 당황하지 않게 이상한 옷을 입히는 유일한 날이다. 우리는 쌍둥이에게도 핼러윈 옷을 입혔고, 리젠트파크에서 열린 핼러윈 파티에도 갔다. 주바도 함께 갔지만, 그녀는 핼러윈 옷을 입지 않았다.

파티가 끝나고, 집으로 돌아오면 엄마는 팝콘을 튀

겨주었고, 우리는 늦게까지 자지 않고 놀았다. 가끔 엄마는 에드거 앨런 포의 시를 읽어 주었고, 우린 귀신이야기를 스스로 만들기도 했다.

나는 주차장 주위에 있는 낮은 벽에 기대앉아서 핼러윈 의상을 입고 지나가는 사람들을 물끄러미 바라보았다. 그들은 모두 행복해 보였다.

'엄마와 쌍둥이도 핼러윈 파티를 한창 즐기고 있겠지.'

엄마와 쌍둥이가 나를 그리워할지 궁금했다. 또다시 눈물이 흘러 내렸다. 그럴 수밖에 없었다.

눈물이 멈추지 않아서 울고 또 울었다.

그때 내 앞에 커다란 밴이 멈추더니, 누군가가 차에서 내렸다.

엘비스 프레슬리였다.

엘비스 프레슬리

엘비스는 한 명이 아니었다. 또 한 명의 엘비스가 내렸고, 계속해서 또 다른 엘비스가 내렸다. 주차장에는 엘비스가 자그마치 열두 명이나 서 있었다.

"우리 팬인가 보네."

한 엘비스가 나를 가리키면서 다른 엘비스에게 말했다.

나는 당황했다.

'엘비스가 여자다! 모두 여자다!'

"저 애도 우리 사인을 받고 싶지 않을까? 오, 이런

유명세라니!"

또 다른 엘비스가 말하자, 모두 소리 내어 웃었다. 그때 한 엘비스가 나를 보며 말했다.

"어머, 울고 있잖아. 무슨 일이니, 애야?"

나는 재빨리 얼굴을 닦았지만 이미 늦었다. 많은 엘비스가 나를 에워쌌고, 한 엘비스가 내 어깨를 감쌌다. 왠지 엄마 같은 느낌이 들어서 나는 또 눈물이 났다.

"울지 말고 뭐가 문제인지 말해 봐."

"우리가 도울 수도 있잖아."

말을 하려고 했지만, 울어서 그런지 목소리가 나오지 않았다.

"울음을 멈춰야만 말이 나와."

"애를 우리 팀에 끼워주자. 그러면 기운이 날 거야."

"끼워주지 않으면 더 심하게 울지도 몰라."

"우리가 하는 말 들었지?"

한 엘비스가 내게 물었다.

나는 고개를 끄덕였다.

"좋아! 모두 제 위치로!"

엘비스들이 내 앞에 나란히 줄을 섰다.

"신사, 숙녀 여러분!"

한 엘비스가 공연의 시작을 알렸다.

나는 주위를 둘러보았다. 나 외에 구경꾼은 아무도 없었다.

"자랑스럽게 소개합니다! 우리는 여성 엘비스 그룹!"

"줄여서 T.A.G.E.G.!"

"하나 둘….'

그들은 소리 높여 '제일하우스 록Jailhouse Rock'을 부르기 시작했다.

여성 엘비스 그룹은 몹시 서툴고 어색했지만, 나는 울음을 멈출 수 있었다. 그들은 내가 수프송을 부를 때보다도 훨씬 더 못 불렀다. 내가 손뼉을 치자 엘비스들이 허리 굽혀 인사했다.

"자, 이제 왜 울었는지 말해 봐."

나는 그들에게 그동안 있었던 일을 말했다. 엄마와 쌍둥이 이야기, 대머리들과 싸운 이야기, 깨진 창문 이야기, 그리고 엑스를 찾아야 하는 사연을 모두 털어놓았다. 나는 하나도 남기지 않고 몽땅 털어놓았다.

"우리와 함께 가자. 우리가 태워다 줄게. 공연을 시작하려면 아직 멀었거든."

"음, 어쨌든 우리 노래를 듣고 싶어하는 사람은 아무도 없으니까."

엘비스들이 나를 설득했다.

"하지만 전 집에 갈 수 없어요."

나는 힘없이 고개를 저었다.

"아니, 넌 가야 해."

한 엘비스가 단호하게 말했다. 그 순간 나는 엘비스의 말이 옳다는 것을 깨달았다. 엄마와 쌍둥이가 보고 싶었다.

그래, 난 집에 가야 해.

"길 건너에 공중전화가 있네. 저 드라큘라가 전화를 끊으면 내가 엄마에게 전화해 줄게."

"우린 전화가 없어요. 전화가 끊겼어요."

"그러면 그냥 집까지 차를 타고 가면 되겠네."

"저는 리젠트파크에 살아요."

나는 엘비스들이 리젠트파크까지 데려다 주는 것이 무리라고 생각했다.

"문제없어. 저기 있는 엘비스도 거기에 살거든."

한 엘비스가 다른 엘비스를 가리켰다.

"어, 나도 리젠트파크에 사는데, 너도 거기 사니?"

그녀가 반갑게 악수를 청하더니, 자신의 연락처를 적어 주었다. 나도 우리 집 위치를 알려 주었다. 나머지 엘비스들이 차례로 나와 포옹하고 작별인사를 했다. 나는 리젠트파크 엘비스와 함께 밴을 타고 집으로 향했다.

엄마는 문을 활짝 열어놓고 나를 기다리고 있었다. 엄마는 나를 보자마자, 와락 끌어안았다. 나는 엄마의 따뜻한 체온을 느끼면서 모든 일이 괜찮다는 것을 알았다.

엄마는 기뻐서 고맙다는 인사조차 잊었다. 엘비스가 돌아가려고 하자, 그제야 허겁지겁 큰 소리로 몇 번씩이나 고맙다고 했다.

쌍둥이도 그때까지 깨어 있었다. 엄마와 내가 거실
에서 부둥켜안고 우는 동안 쌍둥이는 단추 놀이를 했
다.

꿈을 찾아서

이렇게 내 짧은 모험은 끝났지만, 이것이 모든 모험
의 끝은 아니다. 알 수 없는 다른 일이 또 생길 거니까.
낯설고 두려웠지만, 모험은 즐거운 것이다.

엄마와 나는 이야기를 하다가 거실에서 쌍둥이와 함
께 잠이 들었다. 우리는 다음날 눈을 뜨자마자, 또다시
이야기했다.

엄마는 창문을 깨지 않았다는 내 말을 믿지 않은 것
을 사과했다. 창문을 깬 아이들이 붙잡혔다고 했다. 그
아이들은 우리 학교 학생이 아니었고, 창문을 깬 사실

도 몰랐다고 했다.

엄마는 또 엑스라는 친구가 실제로 없었다면 내가
엑스를 찾으러 한밤중에 집을 나가지는 않았을 거라고
했다. 엄마는 나를 믿지 못해서 미안하다고 했다.

내가 대머리들과 싸운 이야기를 털어놓자, 엄마는
당장 밖으로 뛰쳐 나가 홍두깨로 대머리들을 혼내 주
려고 했다. 하지만 나는 엄마가 그러지 않을 거라는 것
을 안다.

교장도 전화해서 내가 집으로 돌아와 무척 기쁘다고
했다. 엄마는 교장에게 앞으로 주의해 달라고 했다. 그
날 우리는 사회복지사 차를 타고 그룹홈을 방문했다.
앞으로 쌍둥이가 살게 될 곳.

사회복지사는 내가 생각한 것만큼 나쁜 사람은 아니
었다. 어금니도 그리 길지 않았고, 그렇게 불쾌하지도
않았다. 그녀는 엄마처럼 쌍둥이를 잘 돌보았고, 쌍둥
이도 그녀를 좋아했다.

그룹홈은 나름 크고 괜찮았다. 근처에 작은 마을이
있었지만, 자동차 소리도 거의 들리지 않을 정도로 조

용했다. 또 바로 옆에는 아담한 공원이 있어서, 쌍둥이가 오랫동안 산책할 수도 있었다.

그룹홈 사람들은 다니엘과 데이비드 같은 아이들을 좋아했고, 그런 아이들을 가르칠 수 있는 프로그램도 훌륭했다.

쌍둥이를 그룹홈에 두고 집으로 돌아온 밤은 너무 힘들었다. 하지만 힘들 때 많은 사람이 와 주었다. 주바와 발레리가 찾아왔고, 리젠트파크 엘비스가 내 전화를 받고 달려왔다. 집에서 본 엘비스는 더는 엘비스가 아니었지만.

나는 다른 학교에 다니게 되었지만, 이전 학교보다 더 나은 건 없었다. 새 학교 선생들도 나를 좋아하지 않았다.

엄마는 낮에 어찌해야 할지 몰랐다. 지난 5년 동안 데이비드와 다니엘이 엄마 시간을 모두 차지했는데, 쌍둥이는 이제 엄마 곁에 없으니 말이다.

우리는 명랑한 척했지만, 서로 속일 수는 없었다. 쌍둥이를 가끔이라도 볼 수 있다면 상황이 좀 나았겠지만, 토론토에서 그룹홈까지 가는 버스도 없고, 사회복 지사도 바빠서 우리를 자주 데려다 줄 수 없었다.

나는 단조로운 생활에 익숙해져 갔다. 토요일에 '트로이 목마'에서 아침을 먹고, 도서관에 가고, 지도책을 보는 것이 전부였다. 수프송조차도 쌍둥이가 없으니 제대로 부를 수 없었다.

그러던 어느 날 밤, 저녁을 먹다 말고 엄마가 포크를 내려놓으면서 말했다.

"엄마는 쌍둥이 없이는 더는 버틸 수가 없어."

"그럼 쌍둥이를 다시 데려오자는 말이야?"

엄마가 고개를 저었다.

"아니, 그럴 수는 없어. 지금 그곳보다 쌍둥이에게 더 좋은 곳은 없어."

엄마 얼굴에 미소가 번졌다.

"우리가 그 근처로 이사하면 어떻겠니?"

결정하는 데는 오랜 시간이 필요하지 않았다. 당연히 나도 좋으니까.

며칠 뒤 엘비스가 다시 한 번 우리를 도주었다. 우리

를 자기 차로 그룹홈 근처 작은 마을로 데려다 주었다.

우리는 차고 위에 지은 집을 세 얻었다. 그룹홈에서 1.5킬로미터 정도 떨어져 있고, 마을에서도 1.5킬로미터 정도 떨어진 곳이다.

토요일 아침에 나는 발레리에게 이사 한다고 말했다. 캐롤린과 하몬드에게도 말했다. 그들은 레스토랑에서 파트타임으로 일하면서 식당 지하실에서 자고, 하루에 세 끼를 먹는다고 했다. 발레리는 강아지를 불평했지만, 아무도 보지 않을 때 강아지에게 음식을 주곤 했다.

"네 엄마에게 들어 이미 알고 있어. 떠난다고. 자, 이거 받아. 이별 선물이야."

발레리가 말했다.

나는 왈칵 눈물이 났다. 내가 갖고 싶었던 세상에서 가장 멋진 배낭이다. 눈물이 쏟아졌다.

발레리는 헤어질 때 아무렇지도 않은 척했지만, 결국 눈물을 흘리면서 나를 껴안았다. 그것도 많은 사람이 보는 앞에서. 물론 발레리는 앞으로 두 번 다시 그러진 않을 것이다.

주바도 우리가 이사 한다니까 울었다. 엄마도 울고,
나도 울었다. 헤어지고 싶지 않았다.

"주바도 우리와 함께 갔으면 좋겠어. 발레리도 같이
갔으면 좋겠어. 그곳 식당에서 일하면 되잖아."

내가 울면서 엄마에게 말했다.

"탐험가가 되려면 이별하는 법도 배워야 해."

엄마가 눈물을 닦아 주었다. 나는 고개를 끄덕이며
울음을 그쳤다.

이사하기 며칠 전에 엑스를 보았다. 대머리들에게
맞은 뒤로 볼 수 없었는데, 갑자기 나타났다. 늘 앉아
있던 공원 벤치에서 나를 기다리고 있었다. 밖에 있기
엔 너무 추워서 온실로 들어가 샌드위치를 건네주었
다.

"우리 이사 가! 이곳을 떠나서 동생들 근처로 가기
로 했어."

엑스는 아무 말 없이 샌드위치를 자세히 살폈다.

"그날 이후에 많은 일이 있었어. 지금은 다 해결되었

지만. 아무튼 며칠 후에 이곳을 떠나."

엑스는 여전히 아무 말도 하지 않았다. 나는 새로운 학교에 대해 불평하고, 즐거웠던 옛 추억을 이야기했다. 엑스가 샌드위치를 먹기 시작했다.

엑스가 샌드위치를 다 먹자, 나는 접은 종이를 슬그머니 내밀었다.

"지도야. 이사 가는 집의 지도. 비밀경찰은 모를 거야."

나는 지도를 건네주고 일어섰다.

"안녕. 친구가 되어줘서 고마워."

나는 엑스에게 손을 내밀었다. 엑스가 천천히, 아주 천천히 손을 뻗어 내 손을 잡았다.

"안녕."

엑스가 말했다. 그런 다음, 파란색 가방을 들고 사라졌다.

이제 나는 똑같은 일을 반복하지 않을 것이다. 결혼식에서 사람들을 더는 괴롭히지도 않을 것이고, 토요일 아침마다 심술궂은 발레리를 만나지도 않을 것이다. 공원 벤치에서 땅콩 버터와 옥수수 시럽을 넣은 샌드위치를 엑스에게 넌지시 건네주지도 않을 것이다.

앞으로는 다른 일이, 새로운 일이 펼쳐 지겠지. 그리고 많은 것이 바뀌겠지.

탐험할 때도 마찬가지일 것이다. 아무리 내가 그곳을 좋아하더라도 그곳에만 머물 순 없을 것이다. 그곳을 떠나 새로운 곳으로 가야 할 테니까.

나는 주머니가 많은 배낭이고 싶다. 그래서 여행지마다 쌓은 추억을 배낭 비밀 주머니에 가득 넣어둘 것이다.

그리고 언젠가 아프가니스탄에 있는 카이버패스로 가서 세계 각국 다양한 사람에게 배낭 주머니에 담아둔 각양각색의 추억을 하나하나 펼쳐서 보여줄 것이다. 아마도 그럼, 나를 만난 사람들은 정말로 세상에서 가장 멋진 사람을 만났다고 생각할 테니까.

옮긴이 ● 윤해윤

대학에서 영어영문학을 전공했고, 학교에서 아이들을 가르쳤다. 지금은 출판기획자로
활동 중이며, 영어 번역과 글쓰기를 함께 하고 있다. 옮긴 책으로『부커 위싱턴』『까칠
한 girl의 가출 이야기』가 있고, 쓴 책으로는『왕가리 마타이』『초등생을 위한 환경특
강』등이 있다.

까칠한 *girl*의 가출 이야기

첫판 1쇄 펴낸날 2013년 6월 22일

지은이 | 데보라 엘리스
옮긴이 | 윤해윤
디자인(표지, 본문) | 정난주
펴낸이 | 엄건용
펴낸곳 | 나무처럼

주소 서울시 마포구 서교동 377-13 성은빌딩 102호
전화 02) 337-7253 | 팩스 02) 337-7230
E-mail namubooks@naver.com
ISBN 978-89-92877-23-7

* 책값은 뒤표지에 있습니다.
ⓒ나무처럼 2013 Namu Books